Ein göttlicher Plan

JÜRGEN SCHMIDT

Ein göttlicher Plan

Bibliografische Information der Deutschen Nationalbibliothek
Die Deutsche Nationalbibliothek verzeichnet diese Publikation
in der Deutschen Nationalbibliografie; detaillierte bibliografische
Daten sind im Internet über http://dnb.d-nb.de abrufbar.

© 2015 Jürgen Schmidt
Umschlagdesign, Satz, Herstellung und Verlag:
BoD - Books on Demand
ISBN 978-3-7392-6980-1

Inhalt

Audienz „ganz oben"	7
Das verbummelte Gebiss	13
Der Antrittsbesuch	22
In den Flegeljahren	34
Von Rheumadecken, Renate und dem wahnsinnigen Adolf H.	52
Monika	67
Hintergründig betrachtete Bewandtnis von rechten und linken Türen	83
Der Konflikt	98
Die wundersam himmlische Warte	115
Herzensbrecher und Krätzekind	141
Die Entscheidung	154

Einigen wir uns bei dieser Geschichte darauf, dass sie wohl nicht in allen Punkten einleuchtend sei. Aber Utopie, Hirngespinst? Vermutlich nicht! Nur, wer weiß das schon?

Könnte es denn nicht sogar im Bekanntenkreis, bei Nachbarn, engen Freunden, jemanden geben, der sein Leben wiederholt? Geheimnisvoll, nur eben rückwärts? Wir sollten ab sofort die Menschen, denen wir begegnen, etwas genauer beobachten. Es wäre doch möglich, dass im Büro „da ganz oben" die Auswertung über unseren Protagonisten verschlampt wurde. Also muss der Test wiederholt werden, mit einer anderen Person!

Als Autor aber kann ich dem geschätzten Leser versprechen, dass ich das alles nicht selbst erlebt habe. Ich schwöre, ich war nicht dieser wunderliche Alte und auch nicht der pubertierende Jungspund! Aber darf ich etwas verraten? Vielleicht wäre ich ganz gerne dieser ominöse Jakob Jakobowsky gewesen.

Audienz „ganz oben"

Mit ungeheurer Geschwindigkeit beförderte man Jakob Jakobowsky in Richtung Erdball zurück. Trotz des hohen Tempos schien es ihm, als wolle der Weg kein Ende nehmen.

Beim Hinflug war's dem Jakob wesentlich flotter vorgekommen, in kürzester Zeit nämlich war er im Reich des Allmächtigen eingetroffen. Petrus nahm ihn in Empfang, musterte kritisch sein Äußeres und ließ ihn danach von einer himmlischen Schreibkraft befragen und ordnungsgemäß registrieren.

„Vorname ‚Jakob', wahrscheinlich mit ‚k', oder?", sie sah ihn dabei belustigt an. „Oder schreiben wir uns mit einem einfachen ‚c'?"

Jakobowsky kramte in seiner Hosentasche und beförderte einen alten Schülerausweis hervor.

„Hier haben Sie alles, brauchen es nur noch abzuschreiben."

„Kannst ruhig ‚du' zu mir sagen. Mit dem albernen ‚Sie' wie auf eurem Erdball reden wir uns hier oben nicht an. Also, Jakob mit ‚k' und Jakobowsky alles in allem mit zwei ‚k'. Huch, wenn man bei dir am Ende den ‚owsky' weglässt, wäre ja dein Name Jakob Jakob. So etwas Ähnliches kennen wir hier nur aus der skandinavischen Ecke. Ist ja lustig, das gefällt mir!"

Jakob fand es überhaupt nicht komisch, dass die Tippse sich über seinen Namen lustig machte. Aber er protestierte deswegen nicht, schließlich wollte er es sich nicht gleich am Anfang mit dem göttlichen Personal verscherzen.

„So, mein doppelter Jakob, nun schicke ich dich erst einmal rüber zum

Petrus und dann sehen wir weiter. Du hast übrigens ein paar Flecken am Kragen, sieht mir aus wie Babybrei."

„Wir sind hier oben beileibe am Limit angekommen", empfing ihn der gute Petrus, „das solltest du wissen. Ihr da unten werdet zwar immer älter, trotzdem kommen bei uns täglich mehr Neuzugänge rein. Ich kann deinen Fall erst abends mit dem Allmächtigen durchsprechen, er wird dann entscheiden, wo wir dich unterbringen", sagte er zu Jakobowsky und kratzte sich dabei nachdenklich am Hinterkopf. „Bleib am besten erst mal hier und mach's dir mit den anderen Neuankömmlingen im Wartezimmer gemütlich. Ich schicke ein paar Engel vorbei, die können inzwischen ein wenig frohlocken und sich um euch kümmern. Bücher und Magazine liegen auf dem Tisch, Hefte mit süßen Mädels haben wir natürlich auch. Du musst dir also keine Sorgen machen, bis auf den Allmächtigen sind wir hier gar nicht mal so prüde."

Im Warteraum klimperten zwei Engel hingebungsvoll auf ihrer Harfe. Er mochte die Dudelei nicht. Deshalb nahm sich Jakobowsky gleich ein Sexmagazin und setzte sich in die äußerste Ecke. Er klappte das Cover nach innen. Musste ja nicht gleich jeder sehen, für welche Art von Schriftgut er sich interessierte. Die sexy Fotos im Innenteil beeindruckten ihn gehörig. Er hatte lange auf solche Bilder verzichten müssen, das letzte Jahr im Heim war's mit seinem Augenlicht rapide schlechter geworden und so konnte er solch bezaubernde Fotos nur noch verschwommen wahrnehmen. Das bereitete mehr Qual als Freude. Das einzige Vergnügen, das ihm blieb, sollten vage Erinnerungen an seine Sturm- und Drangzeit sein. Meist konnte er seine Vorstellungen nicht auskosten, weil er immer sofort im Sessel einschlief. Und wenn er danach aufwachte, dann hatte er die Mädels und seine wilden Erlebnisse mit ihnen wieder vergessen. Dennoch, unser guter Jakob Jakobowsky war sein Leben lang immer ein richtiger Draufgänger gewesen!

Gegen 19 Uhr himmlischer Zeitrechnung, das musste auf Erden etwa so um die Mittagszeit sein, machte Petrus sich bedächtig mit der Aufstellung über die Neuankömmlinge unterm Arm auf den Weg zu seinem Chef. Der Allmächtige kraulte seinen weißen Bart und runzelte nachdenklich die Stirn, nachdem er Petrus' Listen flüchtig durchblättert hatte.

„Die Aufstellungen der Neuankömmlinge werden auch immer dicker! Täglich Wälzer wie diese Versandhauskataloge, die denen auf der Erde dauernd ins Haus flattern, nur mit viel kleinerer Schrift. Wenn das so weitergeht, dann müssen wir hier oben noch aufstocken. In letzter Zeit kommt einfach zu viel Nachschub aus dem Nahen Osten hier an. Den Yankees sollte man mal gehörig auf die Finger klopfen, machen die doch tatsächlich den ganzen Irak platt. Und das alles nur, um den verrückten Sadam zu schnappen. Wenn ich mich recht erinnere, haben die Monate gebraucht, bis sie ihn kürzlich in einem Erdloch entdeckten. Na ja, irgendwann wird ihm der Prozess gemacht und dann dauert es nicht lange und der steht mit dem Kopf unterm Arm bei uns vor der Pforte und will hereingelassen werden. Den bringen wir dann aber im Chaotenviertel unter, am besten direkt neben Hitler und Stalin, die werden garantiert ganz schnell Freunde. Was muffelst du eigentlich so, Petrus? Du ziehst vielleicht ein Gesicht und hast bisher auch noch kein Wort gesagt."

„Wird mir alles zu viel, jeden Tag werden es mehr und ich weiß nicht mal, wie ich die alle richtig auflisten soll. Die zerfleischen sich da unten und schaufeln ihre Toten einfach hier rauf. Na, ist doch wahr! Und da, wo man sonst noch einigermaßen human miteinander umgeht, wo nicht jeden Tag ein neuer Krieg ausbricht, da zerfetzen die sich gegenseitig mit ihren aufgedonnerten Kisten. Rauf auf die Autobahn, Augen zu, rechtes Bein möglichst lange durchgedrückt halten und ab durch die Post! Geht manchmal mit schmerzhaften Blessuren ab, manchmal muss gleich eine Holzkiste angefertigt werden. Im ersten Fall kümmert sich unten irgendein Klinikum um die makabren Reste, im zweiten Fall sind wir zuständig und haben den Salat. Mir wird das zu viel, Allmächtiger, entweder greifst du bei denen auf der Erde ein oder ich brauche hier oben eine Hundertschaft an Engeln mehr."

„Nun mal langsam, Petrus! Das muss ganz genau überdacht werden. Nur, etwas unternehmen muss ich, ist mir schon lange ein Dorn im Auge.

Was die da unten sich aber auch alles einfallen lassen, damit früher gestorben wird. Wenn ich nur an die Deutschen denke, deren Regierung sucht permanent nach Mitteln und Wegen, um ihr Volk möglichst lange arbeiten zu lassen. Die sollen so lange schuften, bis sie völlig klapprig geworden sind. Wenn sie endlich ihre Rente beantragen können, sind viele inzwischen so hinüber, dass sie die erste Zahlung nicht mehr erleben. Anstandshalber gibt der letzte Arbeitgeber einen Nachruf raus, in dem der Verschiedene in höchsten Tönen gelobt wird. Komisch, uns werden die Kopien der Todesanzeigen schließlich zugeleitet, unten sterben offensichtlich immer die falschen Leute. Immer nur die besten, liebsten und erfolgreichsten Menschen. Die tun alle so, als würde es auf dem Trabanten nur ehrwürdige Individuen geben. Dabei weißt du genau wie ich, was hier für verkrachte und versoffene Existenzen landen. So kann das wirklich nicht weitergehen, Petrus! Was hältst du davon, wenn wir die Menschen an ihrem Todestag auf die Erde entlassen? Es wäre zwar der umgekehrte, aber für sie und uns der bessere Weg. Außerdem hätten sie an ihrem Leben viel mehr Spaß, weil sie immer jünger würden. Lästige Altersbeschwerden nehmen ab, mit jedem neuen Tag würde das Leben lebenswerter. Irgendwann hätten sie den Namen ihres Arztes vergessen und endeten schließlich in einem erlösenden Orgasmus. Erst danach kämen sie bei uns an, das wäre doch ein toller Abgang von da unten. Und wir wüssten ganz genau, wann einer zu uns kommt, und könnten hier oben natürlich auch viel besser planen. Du solltest nur eine Liste machen, Namen, Tag und Alter, an dem derjenige auf die Erde entlassen würde, eintragen. In einer zweiten Liste würdest du das Ankunftsdatum vermerken. Müsste ja nur noch ausgerechnet werden. So könnten wir präzise vorausdisponieren."

„Allmächtiger, habe ich das wirklich richtig verstanden? Ihr wollt die Menschen sozusagen an ihrem wirklichen Todestag auf die Welt entlassen, um sie danach erst beim Zeugungsakt hier oben in Empfang zu nehmen?"

„Nun mal ganz langsam, vorläufig ist das nur eine unscharfe Idee. Wäre doch aber genau das, was wir beabsichtigen und was deine Buchführung übersichtlicher machen würde. Wir hätten es einfacher mit unserer Planung und du müsstest nicht dauernd neue Belegungspläne ausarbeiten, um sie mir vorzulegen. Außerdem, probieren geht über studieren. Zeig mir doch noch mal deine Aufstellung."

Der Allmächtige überblätterte flüchtig die ersten Seiten und brummelte dabei mürrisch in seinen Rauschebart.

„Was ist denn mit dem, Klaus Kaminsky-Hollerbach? Heute Morgen gegen zehn hier eingetroffen. Diese blöden Doppelnamen aber auch immer, kann sich niemand merken, ist außerdem für uns nur noch mehr Schreibkram."

„Selbstmord, verkrachte Existenz, seit über einem Jahr arbeitslos. Dazu massenhaft Schulden und obendrein wurde sein stockschwuler Sohn vor einer Woche beim Drogenhandel erwischt."

„Nein, das können wir dem nicht antun. Der ist doch froh, dass er endlich von unten weg ist. Manche trifft es aber auch knüppeldicke. Wie sieht es denn mit ihr hier aus, Lissy Roth? Noch ziemlich jung, wäre nur eine kurze Testphase."

„Die hat seit über fünf Jahren als Hafennutte angeschafft und wurde heute früh in Hamburg von ihrem Zuhälter abgemurkst."

„Gewöhn dir endlich mal diese vulgären Ausdrücke ab. Seit Ewigkeiten versuche ich dir das beizubringen. ‚Nutte', so etwas will ich hier nicht hören. Sie war ein Hamburger Mädel mit lockerem Lebenswandel, die von ihrem Aufpasser umgebracht wurde, so hättest du dich auch ausdrücken können. Also, die Lissy Roth können wir vergessen. Die läuft doch morgen diesem Burschen wieder über den Weg und dann haben wir so etwas wie einen Doppelmord an einer Person, das geht nicht! Ich habe außerdem keine Lust, dauernd das Rotlichtmilieu im Auge zu behalten, da ist doch ständig was los. Ist denn heute keiner drunter, der normal gestorben ist und den wir für unsere Testzwecke gebrauchen könnten?"

„Doch, den hier vielleicht, Jakob Jakobowsky. Der könnte gehen."

„Wie alt und wie ist er gestorben?"

„Gerade 82 geworden, die letzten Jahre hat er im Altersheim verbracht. Zuletzt ging es rapide abwärts mit ihm. Trotzdem, auf so ganz natürliche Weise ist er scheinbar auch nicht abgetreten. Eine Pflegekraft hat ihn wohl etwas zu hastig mit Brei gefüttert und daran ist er erstickt. Ob sie dabei nachgeholfen hat, der Jakobowsky war wohl kein ganz einfacher Fall, oder ob das wirklich ein Unglück war, wer weiß? Die hatten ordentlich mit ihm zu tun, er war verdammt klapprig, konnte am Ende kaum noch laufen und gucken. Zuletzt wohl auch ziemlich hoher Verschleiß an Windeln. Im Heim ist man nicht unbedingt traurig, dass er abgenibbelt ist."

„Du meinst bestimmt, weil er verstorben ist. Jakob, das wäre ein Kandidat für unseren Versuch. Probieren wir es einfach mit ihm. Schick den Jakob Jakobowsky auf die Erde zurück und lass ihn sein Leben rückwärts erleben. In genau 82 Jahren kommt er wieder bei uns an. Kannst schon heute für ihn seine Kammer reservieren."

„Allmächtiger, ich gebe aber zu bedenken, dass Jakobowskys Mitmenschen sich wundern werden, wenn er immer jünger anstelle älter wird."

„Petrus, da wird dir doch sicher etwas einfallen, oder? Deichsle es wieder mal so, dass man sich letztlich auf dem Erdball damit abfindet. Wir haben in der Richtung doch schon ganz andere Sachen hingebogen und kein Mensch hat sich jemals darüber gewundert. Es gehört schließlich zum göttlichen Bonus, bestimmte Dinge herbeizuführen, die man auf dem Erdball nicht begreift."

„Stimmt! Wenn man sich unten etwas nicht erklären kann, dann wird das schließlich gerne deiner göttlichen Allwissenheit zugeschrieben. Dafür sorgt dann schon unsere Presseabteilung, ich meine natürlich die Kirche. Klar, so wird sich auch keiner über Jakobs Verjüngung wundern."

„Einmal im Jahr muss der Jakob bei uns zum Rapport erscheinen und du lässt dir genau berichten, wie alles bei ihm abläuft. Und ich möchte ihn danach natürlich auch sprechen. Nun mach schon und schicke ihn wieder zurück in sein Altersheim."

Das verbummelte Gebiss

So landete Jakob Jakobowsky wieder sanft in seinem Lieblingssessel auf Zimmer 319 im ‚Abendfrieden', dem Alten- und Pflegeheim. Vor ihm saß die kratzbürstige Rottwald und versuchte ungeduldig, dem Jakob seine Portion Milchbrei einzuflößen. Sie war in Eile, bis mittags mussten auf ihrer Station alle Alten abgefüttert sein. Als Jakob wieder zu sich kam, wurde ihm ganz schummrig im Kopf und er spuckte der Rottwald in hohem Bogen seinen Brei auf die Bluse. Danach atmete er erleichtert durch und er fühlte sich erheblich besser. Die Rottwald verließ laut fluchend das Zimmer.

„Was ist denn mit dir passiert? Dir wollte doch wohl nicht etwa einer von den Tattergreisen an die Wäsche, oder? Ach du Scheiße, du bist ja ganz vollgekotzt. Wer war das denn?"

Rottwalds Kollegin, die Gaby Neubauer, konnte sich nur schwer das Lachen verkneifen.

„Na, wer wohl? Natürlich wieder mein spezieller Freund, der alte Zausel von 319. Fast dachte ich schon, er sei mir endlich abgekratzt. Aber als ich horchen wollte, ob er noch atmet, da spuckt der mir doch die ganze Ladung auf die Klamotten. So eine verdammte Sauerei, hoffentlich kriege ich den Dreck wieder raus. Wenn die Milch wieder mal einen Stich hatte, sind solche Flecke hartnäckig."

„Wieso, wurde etwa wieder Milch mit abgelaufenem Verfallsdatum eingekauft?"

„Darauf habe ich nicht geachtet. Aber die Kuhn will doch immer alles geschenkt haben und die Händler sind ja auch nicht blöde. Kann ich schon verstehen, da landen schnell mal abgelaufene Lebensmittel in ihrem Kombi.

Letztlich aber auch egal! Von denen", sie zeigte mit ihrer linken Hand hinter sich auf den Gang, wo die Zimmer lagen, „von den zittrigen Grauköpfen kriegt sowieso keiner mehr was mit. Ob das Zeug angegammelt ist oder nicht, völlig wurscht. Aber wie geht bloß die Kotze aus der Bluse?"
„Nimm heißes Wasser, Margot. Bis das getrocknet ist, kannst du ein T-Shirt von mir haben."

Jakobowsky döste in seinem Sessel. Der ausgespuckte warme Brei auf dem Pyjama fühlte sich eigentlich ganz angenehm an, wenn's nur nicht so penetrant gestunken hätte. Milchbrei hasste er ohnehin wie die Pest. Aber sein Lieblingsessen, Schnitzel mit Kartoffelsalat und viel Mayonnaise darin, das gab es nur ganz selten. Gut, man musste das Essen für ihn vorher im Fleischwolf durchdrehen und dann war es danach kaum schmackhafter als matschiger Milchbrei. Wenn er wenigstens einigermaßen gucken könnte, dann würde er im Zimmer nach dem Gebiss suchen. Er war sich sicher, dass die Rottwald seinen Zahnersatz versteckt hatte, natürlich nur um ihn zu ärgern. Für heute war ihr aber ganz sicher die Lust vergangen, Heiminsassen mit säuerlicher Milchpampe zu füttern. Jakobowsky schlug sich vor Schadenfreude auf die Schenkel. Danach rutschte sein Kopf zur Seite und er fiel in einen Tiefschlaf. So merkte Jakob allerdings auch nicht mehr, dass es in seiner Hose ebenfalls angenehm warm wurde.

Unerklärbares fand in der nächsten Zeit bei unserem Protagonisten statt. Jakob fühlte so eine Art Erwachen seines Körpers in sich. Immer nur ein wenig, aber das jeden Tag. Er erklärte sich den Zustand aber mit den Mittelchen, die man ihm unter seinen Brei mischte. Er sabberte auch nicht mehr so häufig, und Jakob versuchte sogar wieder, seine schlaffen Gliedmaßen zu bewegen.
„Was wackeln wir denn bloß andauernd mit unseren Beinen? Wir wollen doch wohl nicht etwa noch in unserem Alter tanzen?"
„Gymnastik, ich will doch nicht einrosten."
„Na, wir haben doch hoffentlich keine großartigen Pläne mehr, oder? Bis auf die eine ganz große Reise natürlich. Aber dazu reichen auch steife Beine."

Innerlich wunderte sich die Rottwald über Jakobowskys wundersame Verwandlung. Er fragte neuerdings ungeduldig nach seinem Essen und schluckte, zwar unter Protest, seinen Milchbrei bis auf den letzten Löffel runter. Dabei war sie natürlich immer auf der Hut, dass der Alte sie nicht wieder bespuckte.

„Der von 319 wird mir immer unheimlicher", berichtete sie der Neubauer, „neulich dachte ich schon, dass ich für ihn den obligatorischen Kranz bestellen müsste. Aber nein, was macht der alte Zausel? Er erholt sich und futtert inzwischen wie ein Scheunendrescher, das vermasselt der knickerigen Kuhn natürlich ihr spärliches Budget. Sie liegt mir wegen des knappen Etats sowieso ständig in den Ohren. Außerdem fängt der Jakobowsky jetzt sogar wieder an zu quatschen."

„Kenne ich, das ist nur noch mal ein kurzes Aufflackern, bevor der Löffel endgültig abgegeben wird. Du wirst sehen, irgendwann kommst du in sein Zimmer und dein Lieblingspatient hat sich verabschiedet. Kann man unseren Kunden ja eigentlich auch nur wünschen, dass sie kurz und schmerzlos ihren Frieden finden. Nee, nur noch vor mich hinvegetieren, das möchte ich für meinen Teil mal wirklich nicht. Dann lieber ex und hopp, im Schlaf noch einmal tief ausatmen und das war's dann mit dem Leben."

Zwar vegetierte Jakob noch weiter vor sich hin, aber mit jedem Tag immer ein bisschen weniger. An seinem 81. Geburtstag spürte er auf einmal wieder seinen linken Zeh, am Donnerstag danach den ganzen Fuß und am Wochenende schien sein Körper zu rumoren. Das Gefühl war gewiss nicht angenehm, so tobte es ihn ihm. Im Sessel schlief Jakob nur noch selten ein. Deshalb bekam er natürlich immer gleich mit, wenn die Rottwald das Zimmer betrat. Sie sah ihn jedes Mal so merkwürdig an. Jakob konnte sich nicht erklären, was sie von ihm wollte. Auch in seinem Kopf, alles durcheinander, wirrer Kram und wilde Gedanken, er schaffte es nicht, sich zu konzentrieren.

„Gaby, du wirst es nicht glauben, was der olle Jakobowsky eben von mir wollte. Das wird ja immer verrückter, ich fasse es nicht."

„Sag nur nicht, der Alte habe plötzlich Frühlingsgefühle bekommen. Ziemlich optimistisch, unser Opa. Na ja, manchmal gehen mit denen die Pferde durch. An deiner Stelle würde ich mir ab sofort 'ne Hose anziehen, wenn du in sein Zimmer gehst."

„Quatsch, wo denkst du hin? Der weiß doch sicher nicht mehr, wozu sein Piepmatz, außer um damit zu pinkeln, sonst noch zu gebrauchen ist. Und dann könnte ich mich ja schließlich auch noch wehren. Nee Gaby, er hat nur ein paar Worte gestammelt. Und wenn ich ihn richtig verstanden habe, will er partout keinen Milchbrei mehr."

„Auch das noch, Hungerstreik im Altersheim! Wäre doch wieder etwas für die Presse. Kannst du dich noch an den alten Riefenstahl erinnern? Wenn ich es richtig im Kopf habe, war der 92, als er von hier abhaute. Die Polizei griff ihn später besoffen vorm Bordell auf."

„Soweit wird's mit Jakobowsky nicht kommen, der hat nur Schmacht. Er besteht doch tatsächlich auf festes Essen, Schnitzel mit Kartoffelsalat und massenhaft Mayonnaise will er. Dabei habe ich ihm sein Gebiss weggenommen und jetzt weiß ich aber nicht mehr, wo ich das Ding hingelegt habe. Wenn das rauskommt, kriege ich von der Kuhn eins auf die Mütze."

„Musst es ja nicht zugeben, hat der Alte eben selbst verbummelt."

Der Wunsch nach Schnitzel und Kartoffelsalat mit der Mayonnaise ging dem Jakob nicht mehr aus dem Kopf. Je öfter er daran dachte, umso mehr malte er sich eine opulente Mahlzeit aus, und er fügte zum Kartoffelsalat noch gehackte Zwiebeln sowie als weitere Beilage Rotkohl hinzu. Sein Magen knurrte immer erbärmlicher und Jakob sabberte vor Gier. Die bärbeißige Rottwald musste ihm ständig Mundwinkel und sein Kinn abtrocknen.

Jakobowsky schlief nach langer Zeit wieder mal in seinem Sessel ein und er träumte äußerst zufrieden von einem prächtigen Ackergaul, der einen großen Wagen hinter sich herzog. Zwei hübsche Bäuerinnen sammelten von einem Feld Kartoffeln auf und warfen sie auf den Karren. Dabei bückten sie sich so tief, dass Jakob lüstern ihre strammen Beine bis hoch zu den Oberschenkeln betrachten konnte. Leider war in dem Bereich von Schlüpfern und Strapsen Schluss mit der herrlich frivolen Aussicht. Beide Bäuerinnen drehten sich öfter zu ihm um und himmelten Jakob an. Dadurch fühlte er sich in seiner männlichen Attraktivität bestätigt und äußerst geschmeichelt. Die zwei Hübschen flirteten so lange mit ihm, bis der Karren mit den aufgesammelten Kartoffeln beladen war. Danach passierte eine Weile überhaupt nichts und Jakobowsky war halbwegs enttäuscht. Eigentlich hätten die bezaubernden Bauernmädel weitermachen können, damit er etwas zu gucken gehabt hätte. Plötzlich kroch eine ziemlich fette Bäuerin, im Gesicht frappierende Ähnlichkeit mit der Rottwald, hinter einem Busch hervor. In ihrer feisten Rechten hielt sie ein Messer. Umständlich setzte sie sich auf einen Kartoffelberg und es dauerte eine Weile, bis sie ihren fetten Hintern endlich an der richtigen Stelle platziert hatte. Sie grinste den verdutzten Jakob an. Die Bäuerin war nur leicht bekleidet und unser Protagonist verdrehte bei ihrem Anblick träumerisch die Augen. Jakobowsky liebte nämlich schon immer etwas dralle Weibsbilder.

„Was ist denn heute bloß wieder los mit uns?" Die Rottwald räumte gerade Jakobs Zimmer auf, als der in seinem Sessel anfing, unverständliches Zeug zu quatschen, und dabei am ganzen Körper zitterte. „Wir sind ja wie aufgezogen. Möchte nur wissen, was das wieder soll. Na ja, wird wohl jetzt so langsam mit uns zu Ende gehen. Bloß gut, dann bekomme ich wenigstens wegen den verbummelten Zähnen keinen Ärger." Sie verließ das Zimmer, um Jakobowsky auf seinem letzten Weg mit sich allein zu lassen. Dabei beobachtete der nur listig seine wohlproportionierte Bäuerin, wie die mit dem viel zu langen Messer ganz geschickt Berge von Kartoffeln schälte. Sie warf die Knollen in einen großen Topf. Jetzt standen auf einmal auch die beiden hübschen Bauernmädel neben ihm. Immer wenn eine Kartoffel im Topf landete, lächelten sie ihn an und hoben die rechte Hand mit ausgestrecktem Zeigefinger. Was nach Jakobowskys Interpretation sicher heißen sollte, ‚siehst du' oder ‚bald ist es so weit'. Sie wollten ihn also bekochen, na, endlich gab's mal keine labbrige Milchpampe! Die Bäuerin hatte inzwischen ein Feuerchen entfacht und sie stellte den großen Pott mit den Kartoffeln darauf. Jakob wunderte sich nur, wo auf einmal das viele Holz herkam. Seine Wohltäterin schnalzte mit der Zunge und grinste ihn an. Dann ging sie zu ihrem Ackergaul und schnitt dem Klepper ein Schnitzelstück aus dem Leib. Das Tier wieherte dabei vor Wonne und zuckelte sodann gemächlich mit dem Karren ab.

Die Bäuerin setzte sich neben das Feuer und steckte sich eine Zigarette an. Dabei summte sie das Kinderlied ‚Eia popeia, was raschelt im Stroh' und zog den Jakob fest an sich und bettete seinen Kopf an ihren gewaltigen Busen. Dabei streichelte sie über sein ergrautes Resthaar. Jakobowsky folgerte daraus, dass sie jetzt wohl nur eine Pause machte, bis die Kartoffeln gar waren. Solange konnte er ja eigentlich auch mit ihr schmusen. Jakob streckte die Hand nach ihr aus, um sie zu küssen. Aber sie erhob sich und schob ihm ihre verglimmte Kippe zwischen die Lippen. Jakob resignierte nicht gleich, spitzbübisch und mit geilem Unterton fragte er sie, warum sie ihm nicht mehr gebe.

„Ach richtig, ich fettes Dummerchen", flötete sie, „natürlich, ich wollte dir ja noch die Erbsen dazu kochen. Warte, das haben wir gleich."

Jakob war aufgrund ihrer recht eigenwilligen Interpretation auf seine lüsternen Wünsche hin doch etwas irritiert. Aber gleich darauf interessierte er sich wieder für die beiden hübschen Bauernmädel. Die standen nämlich auf, schnappten sich einen großen Bastkorb und gingen zu einem wunderschön gewachsenen Zuckererbsenfruchtbaum. Beide pflückten den Baum leer und kochten danach Jakobs Erbsen.

Er hörte zu seiner Freude, wie das Schnitzel in der Pfanne brutzelte. Die Bäuerin drehte es öfter um, damit es nicht anbrannte. Sie schnitt ein ordentliches Stück vom Schnitzel ab, um zu probieren, ob es gut durchgebraten war. Jakobowsky protestierte heftig, sie solle ihm doch gefälligst nicht alles wegfressen. Nach einer Ewigkeit kam sie mit dem Teller und stellte ihm seine Mahlzeit vor die Füße. Mit beiden Händen schaufelte Jakob sein Essen ins Maul, das unnütze Goldbesteck hatte er gleich hinter sich ins Gebüsch geworfen. Als er fertig war, rülpste er laut, und Jakob fühlte sich rundum zufrieden. In Zukunft wollte er zum Essen nur noch zu den Bäuerinnen gehen. Bei schlechtem Wetter würden sie ihn bestimmt mit auf ihren Bauernhof nehmen und dort verwöhnen. Im Heim sollte man in Zukunft die Milchpampe einflößen, wem immer man wollte, ihm bestimmt nicht mehr!

„Jetzt geht's aber doch rapide abwärts mit unserem Kandidaten von 319", berichtete die Rottwald ihrer Kollegin während der Frühstückspause, in der sie ihre von zuhause mitgebrachten Brote tauschten. „Vorhin, in seinem Zimmer, hättest du sehen sollen, saß er wieder völlig apathisch im Sessel und brummelte vor sich hin. Als ich nachsah, verdrehte er so ganz merkwürdig die Augen. Ich glaubte zu verstehen, dass er anscheinend wohl zu viel Fleisch und Kartoffeln gegessen habe. Ich lach mich krank, jetzt spinnt er wirklich. Stell dir nur mal vor, die Kuhn würde das mitbekommen. Ich und den mit solchen Sachen füttern, die würde mich deswegen hochkant rausschmeißen."

Wenige Wochen nach Jakobowskys 81. Geburtstag verschlug es der Kramer, sie war auf der Station vertretungsweise für ihre Kollegin Rottwald eingesprungen, weil die in Rimini ihren Jahresurlaub verbrachte, fast die Sprache. Als sie in sein Zimmer kam, stand er vorm Schrank und wühlte darin rum.
„Aber Opa, was haben wir denn nun schon wieder vor? Wir wollen doch wohl nicht etwa verreisen? Nun aber wieder ganz schnell ab in die Federn. Na, das sind ja ganz neue Sitten!"
Sie brachte Jakob zurück zum Bett und deckte ihn zu.
„Suche mein Gebiss, will endlich wieder kauen", protestierte er. Die Kramer wunderte sich, weil er einen vollständigen Satz gesprochen hatte. Dabei hatte ihre Kollegin bei der Übergabe vorm Urlaub noch fest und steif behauptet, dass Jakobowsky so gut wie nie sprechen würde.
„War einer an meinem Schrank und hat meine Zähne geklaut. Alles Banditen hier."
Er versuchte, sich aufzurappeln, was die Kramer zu verhindern wusste.
„Wir bleiben mal schön liegen und sind nicht immer so ungeduldig. Hier laufen keine Banditen durchs Haus, um Zähne zu klauen. Außerdem kriegen wir doch immer unseren leckeren Milchbrei, dafür brauchen wir sowieso keine Beißerchen."

Damit war das Thema für die Kramer erledigt und sie konnte endlich auf 321 gehen, wo sich der alte Vogelbein heftig darüber beschwert hatte, weil sich niemand um ihn kümmere und aufs Klo setzen wollte. Wahrscheinlich hatte sich die Angelegenheit in der Zwischenzeit von alleine geregelt und sie brauchte ihm nur noch die Windeln wechseln. Als sie aus der Tür ging, tippte Jakobowsky sich an die Stirn und zeigte der Kramer einen Vogel. Sie bekam das zwar nicht mehr mit, dennoch machte es den Jakob glücklich.

Nach zweistündigem Schlaf fühlte er sich so ausgeruht, dass er wieder aufstand und sein Gebiss suchte. Er machte sich Sorgen, dass die Kramer wieder in sein Zimmer kommen könnte. Jakob öffnete vorsichtig seine Tür, um zu sehen, ob jemand auf dem Flur war. Aber überall Ruhe und so konnte er ungestört seine Bude durchwühlen. In der Anrichte neben seinem Waschbecken wurde er fündig. Solch ein Versteck konnte sich eigentlich nur die Rottwald ausdenken. Na, die würde nach ihrem Urlaub was von ihm zu hören bekommen! Mit zittrigen Händen versuchte Jakob, sein Gebiss einzusetzen. Mist, es klappte nicht! Wahrscheinlich hatte die Rottwald mit ihren klobigen Pfoten daran etwas verbogen. Er legte seine Zähne vorsichtig in die Nachttischschublade. Später wollte Jakob es noch einmal versuchen. Er freute sich schon auf das verdutzte Gesicht der Rottwald und besonders darauf, dass man ihm dann endlich feste Nahrung geben müsste. Seit seinem Traum kreisten Jakobs Gedanken nur noch ums Essen. Wobei, so ganz stimmte das auch nicht. Hin und wieder tauchten im Kopf auch die aufreizenden Bäuerinnen auf, zwar selten, aber immer öfter!

Jakobowsky musste mit seinem Gesicht ganz dicht an den Spiegel, um zu begutachten, wie er mit dem eingesetzten Gebiss aussah. Das Ergebnis befriedigte ihn, für sein Alter machte er noch einen recht passablen Eindruck! Zum Glück hatte die Rottwald wenigstens seine Brille nicht versteckt. In den letzten beiden Tagen beschäftigte er sich immer wieder damit, die Zahnprothese einzusetzen. Das war ein ordentliches Stück Arbeit gewesen, und jetzt drückte alles auch noch ein bisschen, aber das war normal. Jakob konnte es kaum erwarten, bis die Rottwald am ersten Arbeitstag nach ihrem Urlaub wieder mit der alten Pampe bei ihm aufkreuzen würde. Und in der Tat, fünf Minuten später wurde die Tür aufgerissen und sie trampelte ins Zimmer. Als sie, braun gebrannt und unnatürlich erblondet vor ihm stand, sah Jakob auf ihrem Tablett sofort diesen Scheißbrei.

„Na, was gucken wir denn so, wir haben doch wohl nicht etwa Sehnsucht gehabt?"

Sie wollte ihm helfen, im Bett aufrecht zu sitzen. Aber Jakobowsky befreite sich aus der Rottwaldschen Umklammerung und rappelte sich ganz alleine hoch. Als er sie dabei mit offenem Mund angrinste, fiel ihr wegen den gefundenen Zähnen zwar ein Stein vom Herzen, aber beinahe auch das Tablett auf den Teppichboden.

„Wer hat uns denn wieder unsere Zähne eingesetzt? Die sind uns doch wohl nicht etwa von alleine nachgewachsen? Ich denke, die Stummel waren verschwunden?"

„Hab's gefunden und selbst hingekriegt. Und Sie", er hielt ihr seinen ausgestreckten Zeigefinger vor die Augen, „Sie haben mein Gebiss geklaut und versteckt. Nur um mich zu ärgern und damit ich nichts Anständiges zu essen kriege. Werde mich beschweren und die alte Pampe schlucke ich nicht mehr runter!"

„Nanu, sprechen können wir also auch wieder? Wir haben ja während meines Urlaubs ganz ordentliche Fortschritte gemacht, Donnerwetter! Wir werden wohl immer quicklebendiger, anstelle in die Kiste…", mitten im Satz brach sie ab, sie war wohl etwas zu weit gegangen. „Ich meine natürlich, dass wir immer aktiver werden, anstelle es in unserem Alter etwas ruhiger angehen zu lassen. Wir müssen nicht andauernd rumwurschteln, machen wir es uns doch bequem und lassen uns fürstlich bedienen. Immerhin ist der Abendfrieden doch das reinste Paradies. Trotzdem, etwas essen sollten wir schon. Lassen wir unsere Beißerchen eben drin, ist auch egal. Aber jetzt sind wir nicht mehr bockig, machen gefälligst schön brav den Mund auf und schlucken das Ganze mit Wonne runter. Mit Zähnen im Mund ist Milchbrei ein besonderer Genuss."

Der Antrittsbesuch

„Anna, nun leg doch bloß mal die Zigarette zur Seite und sieh lieber nach, wer angekommen ist. Hat doch schließlich schon zweimal gebimmelt!"
Petrus linste über Brillenrand und musterte mit dezenter Lüsternheit seine himmlische Vorzimmerdame. Sie erhob sich aufreizend lässig von ihrem Hocker und wackelte herrlich mit ihrem Hintern, als sie in Richtung der Eingangspforte entschwand.

Anna war Russin und während der Oktoberrevolution eigentlich nur durch einen dummen Zufall ums Leben gekommen. Sie lebte zu der Zeit in Petrograd, dem heutigen Sankt Petersburg. Anna verdiente sich ihren Lebensunterhalt als Animierdame. Offiziell handelte es sich bei dem Laden, in dem sie arbeitete, um ein gutbürgerliches Restaurant. Durch eine, nur Stammkunden zugängliche Geheimtür, trat man in eine illegal geführte Nachtbar. Weil Anna nebenbei anschaffen ging, der Besitzer des Etablissements ihr aber auf die Schliche kam, verdonnerte er sie dazu, dem Bürgermeister allabendlich sein Essen in dessen Privatwohnung zu bringen. Den Deal handelten Bürgermeister und Nachtklubbesitzer in feuchtfröhlicher Stimmung aus, damit die unverehelichte Obrigkeit versorgt war. Im Gegenzug sollte der Nachtklub vor Razzien verschont bleiben.

Bei einem dieser abendlichen Besuche legte der Bürgermeister nach reichlichem Wodkagenuss seine Hemmungen ab. Er packte die schöne Anna von hinten und warf sie auf sein Bett. Dabei fluchte und schwitzte er, und sie wunderte sich nur, dass er solche Umstände machte. Schließlich arbeitete sie in dem Gewerbe und mit wem sie in die Kiste stieg, war ihr letztendlich egal. Der geile Bürgermeister hätte das eigentlich wissen müssen. Nach mehreren gemeinsam verbrachten Bettspielchen jedoch gab es ein Problem. Er bildete sich nämlich ein, dass Anna ihm ab sofort ganz allein zu gehören habe. Grobe Flüche auszustoßen und dabei nach Befinden den Hintern seiner Konkubine zu verprügeln, das war zu damaliger Zeit ganz normaler Brauch. Vielleicht war es für ihn auch nur eine von vielen Varianten, sich zu stimulieren. Die schöne Anna spielte, nachdem sie ihn durchschaut hatte, das Spiel zur größten Zufriedenheit des Bürgermeisters mit. Schließlich fand sie hinterher unter ihren abgelegten Kleidungsstücken jedes Mal ein Bündel Rubelscheine. Das war die Sache, um die es ihr ging! Dies aber wiederum wusste der Bürgermeister nicht!

In der ersten Novemberwoche anno 1917, nach dem zu der Zeit in Russland gültigen julianischen Kalender war es Ende Oktober, geschah das bedauernswerte Unglück mit der Anna. Sie war am späten Abend wieder auf dem Weg zum Haus des Bürgermeisters. Anna trug in einem Leinenbeutel eine große Portion Kartoffelpuffer mit Steckrübensalat. Da sie an dem Abend auf alles Lust verspürte, nur nicht auf den lüsternen Bürgermeister, machte sie einen längeren Umweg und ging an der Newa entlang. Das sollte der schönen Anna zum Verhängnis werden. Plötzlich kam sie in eine wilde Schießerei und wurde von einer verirrten Gewehrkugel erwischt. Die Kartoffelpuffer für den Bürgermeister flogen aufs Pflaster und der Steckrübensalat verteilte sich auf ihrem Mantel. Anna stürzte kopfüber in den um diese Jahreszeit eiskalten Fluss. Sie ruderte wild mit ihren Armen und ersoff dennoch jämmerlich.

Seit der Zeit fungierte sie beim Petrus als himmlische Vorzimmerdame und erledigte ihre Arbeit zu seiner größten Zufriedenheit. Von einer ehemaligen russischen Liebesdienerin war das nicht unbedingt zu erwarten. Anfangs hatte Petrus sich geweigert, ihr den verantwortungsvollen Posten zu überlassen. Aber der Allmächtige konnte sich in dem Machtkampf natürlich wieder einmal durchsetzen und im Laufe der Jahre bekam auch der Petrus immer mehr Spaß an der schönen Anna. Gut, sie hatte damals in Petrograd neben der Liaison mit dem Bürgermeister gleichzeitig eine intime Beziehung zum obersten Polizeichef gepflegt. Später kamen Gerüchte in Umlauf, dass ihr Tod vielleicht doch kein so ganz dummer Zufall gewesen sei. Doch Petrus bemühte, damit sein subjektives Bild von der Anna erhalten blieb, gern die Geschichte vom verlorenen Schaf.

Ganz vage beschlich Petrus das Gefühl, dass Anna es darauf anlegte, ihm den Kopf zu verdrehen. Er hätte ihr gerne ein Zeichen seiner Zuneigung gemacht. Gleichzeitig war ihm klar, er musste sich zurückhalten und den unnahbaren Vorgesetzten mimen. Der Allmächtige passte höllisch auf, dass es in den Büros zu keinem Techtelmechtel kam. So einfach wollte der Petrus seinen Job nicht aufs Spiel setzen. Dessen ungeachtet riskierte er weitere Blicke auf Annas prachtvolles Hinterteil.

„Steht bestimmt wieder ein Haufen frisch Verblichener vor dem Tor, in Holland hat's nämlich mal wieder Überschwemmungen gegeben. Nun mach endlich auf, Anna, die sind doch bestimmt noch ganz durchgeweicht."

Er widmete sich wieder seiner Eingangsliste der letzten drei Monate. Es war so eine Art himmlische Quartalsinventur, in der die Neuzugänge aus dieser Zeit akribisch nach Nationalität, Geschlecht, Alter und Todesart aufgeführt waren. Der Allmächtige wiederum benötigte die Aufstellung, um den Überblick zu behalten, und für seine jährliche Statistik. Die schöne Anna kam aber nicht mit ertrunkenen Holländern, sondern mit Jakob im Schlepptau in Petrus' Büro.

„Ach, du bist es, Jakob Jakobowsky, richtig? Damals in dem Heim am Milchbrei erstickt und dann wolltest du gleich bei uns bleiben. Genau, du machst jetzt die ganze Chose da unten noch mal umgekehrt und heute ist dein Antrittsbesuch. Ist das eine Jahr denn schon um? Mein Gott", Petrus räusperte sich erschreckt, weil der Allmächtige solche verbalen Ausbrüche überhaupt nicht mochte, „meine Güte, wie doch die Zeit vergeht! Da bin ich aber mächtig gespannt, wie es dir ergangen ist. Kleinen Moment noch, ich hole nur deine Akte, dann fangen wir an. Ich muss nämlich jeden Furz eintragen, in den Dingen ist unser Boss ziemlich pingelig. Du sollst außerdem nachher noch zu ihm rein, er ist auf deinen Bericht schon sehr gespannt. Später wird dir die Anna hier oben alles zeigen."

Petrus ging ins andere Büro und ließ sich von einer himmlischen Schreibkraft Jakobowskys blauen Ordner raussuchen. Es dauerte eine Weile, bis sie den völlig verstaubten Vorgang ‚Test/Jakobs zweiter Versuch' fand. In Bezug auf Ordnung herrschte in den überirdischen Büros doch ziemliches Durcheinander. Man konnte es auch so sehen, Petrus hatte längst nicht alles im Griff. Der Allmächtige kritisierte ihn nicht nur einmal bezüglich dieser Schlampereien.

„Du solltest deine Leute besser unter Kontrolle haben, Petrus. Es kann doch nicht angehen, dass hier dauernd Akten verschwinden. Wenn es nicht besser wird, werde ich mich wohl nach Ersatz für dich umsehen müssen! Ob dir in Zukunft gefallen würde, an der Himmelspforte zu stehen, um Neuankömmlinge zu begrüßen, wage ich zu bezweifeln. Sieh also zu, dass hier langsam Ordnung geschaffen wird", hatte ihn der Allmächtige gerügt.

„So, das haben wir. Du musst entschuldigen, hat ein wenig länger gedauert. Mein Personal habe ich schon manchmal zur Hölle gewünscht, das kannst du mir glauben. Am liebsten den lieben langen Tag durch die Gegend schweben und frohlocken, das würde den meisten von denen gefallen. Dabei ist der Job allein unseren Engeln vorbehalten. Die Arbeit bleibt dann natürlich liegen, macht sich schließlich nicht von alleine. Ich warte nur darauf, bis mal eine Sekretärin aus einem eurer Großkonzerne hier eintrudelt, möglichst eine Deutsche. Denn die leben noch, um zu arbeiten, und nicht umgekehrt. Ich würde hier sofort ein paar Büroengel auswechseln, bis auf Anna natürlich. Müsste nur aufpassen, dass der Allmächtige mir nicht wieder reinredet. Aber nun zu dir, wie ist es denn seit damals so auf der Erde gelaufen? Du weißt, wir haben dir diesen Rückweg, nenn ihn meinetwegen auch deinen zweiten Lebensweg, als Versuch geborgt. Ich hoffe, es hat niemand etwas gemerkt. Du siehst außerdem gut erholt aus, nach meinen Unterlagen bist du genau heute vor einem Jahr offiziell verstorben."

„Wird wohl stimmen, ich habe mir das Datum nicht so genau gemerkt. Wäre besser auch gleich hiergeblieben, war kein guter Schachzug vom Allmächtigen. Kaum war ich nämlich wieder unten, fing der Ärger auch schon an. Erst habe ich die Rottwald vollgekotzt und danach ging der Trubel um meine Zähne los. Die Rottwald hat doch glatt mein Gebiss versteckt. Aber ich bin ja ein Fuchs, habe die olle Prothese natürlich gefunden. Du hättest das dämliche Gesicht der Rottwald sehen sollen. Nur, geholfen hat's auch nicht, kriege noch immer keine feste Nahrung. Du kannst dir nicht vorstellen, wie mir der Magen knurrt. Immer nur den Labberkram, von Montag bis Sonntag, Milchbrei, Milchbrei."

„Die Rottwald ist deine Pflegerin, richtig?"

„Pflegerin? 'ne blöde Kuh ist das, irgendwann schafft die mich noch."

„Nun verlier mal nicht den Mut, da werde ich mich eben einschalten müssen. Mal sehen, was ich da machen kann. Nach unserem Gespräch kriegst du bei uns etwas Anständiges zu futtern, ich sag in der Küche gleich Bescheid. Wie lief es denn sonst so da unten?"

„Anfangs habe ich nur dagelegen und vor mich hinvegetiert. Danach wurde es langsam besser. Ich merkte, wie das Blut im Körper pulsierte. Das hat mir dann wohl meine Gedanken und Gefühle zurückgebracht, nicht alle, aber wenigstens ein paar. Und ich kann wieder aufstehen und mich bewegen, hätte sonst bis heute auch noch nicht meine Zähne zurück. Ich rede schon ganze Sätze und kann die Rottwald endlich wieder zur Sau machen. Die behandelt mich wie ein Kleinkind, redet mich mit ‚du' und ‚Opa' an. Aber das blöde ‚wir', das geht mir vielleicht auf den Keks. Manchmal scheint die wirklich nicht zu wissen, was sie sagt. Solche Sachen wie ‚da wollen wir doch mal ganz schnell ins Bett' und so. Wenn ich dann in die Falle springe, macht sie das Licht aus und verlässt sofort das Zimmer. Manchmal frage ich mich, ob die vielleicht nur mit mir spielt."

„Ist aber kein schlechtes Zeichen, wenn dir langsam wieder ein paar warme Gedanken kommen. Wenn die Rottwald wirklich mal zu dir ins Bett steigt, musst du aufpassen, dass du sie nicht gleich schwängerst. Damit würde ich warten, bis du jünger bist."

„Ach was, Petrus, daran ist noch lange nicht zu denken. Vielleicht später mal, aber heute kann ich meinen kleinen Lümmel bestenfalls zum Pinkeln brauchen. Aber die Sache mit den Windeln hat sich erledigt und knödeln gehe ich jetzt immer rechtzeitig. Das war mir ziemlich peinlich, wenn man mir den Hintern abwischen musste."

„Mein lieber Jakob, du drückst dich recht rustikal aus. Aber wenigstens kann ich deinen Worten entnehmen, dass es bei dir soweit ganz gut läuft, normal, eben nur umgekehrt."

Der Allmächtige stand schon eine Weile im Büro und hatte zugehört. Huldvoll und anerkennend klopfte er Jakob auf die Schulter, dem Petrus dagegen warf er einen zornigen Blick zu.

„Babys, mein lieber Jakob, Babys nehmen neben der Muttermilch anfangs auch nur Brei zu sich. Erst später, wenn sie Zähne bekommen haben, gibt man ihnen feste Nahrung. Und Windeln legt man den ganz Jungen wie auch den Alten an, so ist nun mal der Kreislauf. Das mit der Muttermilch wollten wir dir ersparen, wäre bei der Anzahl deiner Jahre schwer gewesen, eine Amme zu finden. Außerdem hätte es auch Probleme gegeben, offensichtlich bist du nämlich für dein hohes Alter noch pubertär. Petrus, weshalb du Jakob diesbezüglich ermunterst und dessen Wunschdenken als Zeichen guten Allgemeinzustands wertest, erstaunt mich nicht. Beweist es doch mal wieder deine labile Einstellung zu bestimmten Dingen! Ich habe dich schon ein paar Mal gewarnt, du solltest eigentlich hier oben für alle ein Vorbild sein. Aber nein, was machst du? Wenn's um schlüpfrigen Kram geht, verdrehst du genüsslich die Augen. Wie du mit deinen Blicken unsere Anna ausziehst, das ist mir auch nicht verborgen geblieben. Erzähl mir nur nicht, du würdest dich in einem gewissen Notstand befinden. Weißt sicher, was ich meine. Aber lassen wir das, wenn Jakob zurück auf der Erde ist, dann brauche ich deinen Bericht! Also Jakob, in einem Jahr sehen wir uns wieder, und was deine Frühreife betrifft, da hältst du dich ein wenig im Zaum. Immerhin bist du noch über achtzig! Trotz allem, ich bin mächtig gespannt, wie's mit dir auf der Erde vorangeht."

Als der Allmächtige das Büro verließ, war es jetzt der Petrus, der seinem Boss einen zornigen Blick hinterherwarf. Er war verdammt sauer, weil man ihn in Jakobs Beisein so zusammengestaucht hatte.

„Ich darf hier oben nur Gefühle für meine Arbeit haben, alles andere ist tabu. Hast ja gehört, er will möglichst sofort den Bericht über dich. Jede Kleinigkeit schriftlich und alles natürlich in mehrfacher Kopie. Computer anschaffen? Nein, es ging schließlich bisher auch ohne den technischen Firlefanz, damit ist das Thema für ihn erledigt. Dabei haben wir bei uns genug Bosse aus der Branche, die wegen aller möglichen Probleme in ihrer Firma und dem Zusammenbruch am Neuen Markt früh ins Gras gebissen haben. Die Leute würden uns eine solche Anlage sofort einrichten und anfangs hier in unseren Büros mit behilflich sein. Auch Anna hat schon wegen ihrer alten Schreibmaschine und den dreckigen Fingern durchs Blaupapier genörgelt. Unser Allmächtiger unternimmt aber auch gar nichts, damit wir hier oben entlastet werden. Ich habe ihm immer gesagt, er solle die Kriege abschaffen. Oder wenigstens bei euch auf der Erde den Straßenverkehr entschärfen, das würde uns schon helfen! Bestes Beispiel sind doch eure Autobahnen, da wird gerast und en masse gestorben. Mit den Deutschen kann man alles machen, sie sind wie die Schafe, sie lassen sich alles gefallen. Wehe aber, jemand fordert eine Geschwindigkeitsbegrenzung, dann gehen sie auf die Barrikaden. Denen darf der Staat, ohne dass sie aufmucken, ihre schmale Rente kürzen oder sie nehmen widerspruchslos Steuererhöhungen hin. Will ihnen jedoch jemand ihre angebliche Freiheit beschneiden, damit auf Autobahnen langsamer gefahren wird, dann ist die Hölle los. Der Allmächtige sollte wirklich eingreifen. Ein leichtes Erdbeben über Nacht und du würdest sehen, wie schön bedächtig die am nächsten Tag über das holperige Pflaster zuckeln. Ich weiß nicht, aber der Alte ist für meinen Geschmack manchmal etwas lethargisch."

Petrus' Probleme interessierten Jakob Jakobowsky nicht sonderlich. Er hatte den Eindruck, dass hier oben wohl doch nicht immer alles so friedlich ablief, wie man sich das auf der Erde vorstellte. Jakob hob zaghaft, beinahe wie ein Drittklässler im Unterricht, die Hand.

„Immer drauflos, Jakob. Bloß nicht so schüchtern, du darfst ruhig Vorschläge machen, ich habe für alles ein offenes Ohr. Geht ja schließlich um dich und dein nächstes Jahr auf der Erde. Bevor du wieder unten bist, kann ich noch etwas für dich deichseln?"

„Vorschläge habe ich keine und deichseln musst du auch nichts für mich. Aber ich muss unbedingt mal eine rauchen. Im Heim darf ich doch nicht und ich habe mächtigen Lungenschmacht."

„Jakob, Moment bitte! Hier oben gibt es Grundsätzliches zu beachten! Erstens, wenn der Allmächtige jemanden mit Alkohol erwischt, dann kann derjenige sich schon mal seinen Flugschein für die Hölle abholen. Zweitens, Nümmerchen schieben ist nur mit dem eigenen Partner erlaubt. Die Zustände wie auf der Erde, dass jeder mit jedem und so, es ist dem Allmächtigen schon lange ein Dorn im Auge. Einen Geschlechtspartner darf man sich nehmen, das konnte ich bei ihm mit Ach und Krach durchsetzen. Du hast ja vorhin selbst seine altmodische Einstellung mitbekommen. Am liebsten wäre es ihm, wenn alle hier oben geschlechtslos wären. Allein die Heftchen mit den Bikinimädels im Empfang. Meine Güte, wie lange das dauerte, bis er die geduldet hat. Du wolltest eine rauchen, das sieht der Allmächtige nicht gerne. Würde er dich hier in meinem Büro mit Zigarette erwischen, dann hätte ich die nächsten Tage nichts zu lachen. Ausgenommen Anna, die schert sich einen Teufel drum. Die qualmt im Büro und unser Herrgott ignoriert das und meckert nicht. Anna kann sowieso machen, was sie will, weiß auch nicht, wie das kommt. Manchmal habe ich den Verdacht, der Allmächtige sei schönen Frauen gegenüber vielleicht doch nicht so abgeneigt, wie er immer tut. Du gehst nachher zur Anna rüber und kannst bei ihr im Büro rauchen. Ich habe ihr auch gesagt, dass sie dich anschließend rumführen soll. Ist denn sonst noch etwas zu besprechen?"

„Nee Petrus, besprechen müssen wir nun nichts mehr. Ich geh dann mal lieber schnell zur Anna, später ist sie vielleicht nicht mehr da."

In Anbetracht mangelnder Abwechslung war die schöne Anna froh, als Jakob zu ihr ins Büro kam. Unser Protagonist vergaß ihretwegen sogar den Umweg durch die himmlische Küche, in der ein Engel das für Jakob reservierte Schnitzel in die heiße Pfanne legte.

„Das finde ich aber nett von dir, dass du mir Gesellschaft leisten willst. Du musst nämlich wissen, hier in den Büros ist totale Langeweile angesagt. Aber jetzt bist du ja hier, schön! Warte Jakob, ich koche uns erst mal einen Kaffee und dafür erzählst du mir ein wenig von der Erde, abgemacht?"

Jakob beobachtete die schöne Anna, wie sie Tassen und Kekse auf den Tisch stellte. Ihr Parfüm vermischte sich mit dem Aromaduft des Kaffees, herrlich! Er angelte umständlich eine völlig zerknitterte Zigarettenschachtel aus der Hosentasche.

„Die kannst du aber nicht mehr rauchen, sie sind doch völlig zerdrückt. Warte mal, ich geb dir eine von mir."

„Die habe ich noch von damals in der Tasche, als die Rottwald mich mit ihrem Brei umgebracht hat. Konnte die Kippen ein Jahr lang immer schön vor ihr verstecken. Stimmt, die Packung kann ich wegschmeißen."

„So Jakob, hier ist dein Kaffee, Kekse nimmst du dir selbst. Nun erzähl doch mal, wieso musstest du denn deine Zigaretten verstecken?"

„Na, bei uns im Abendfrieden geht es strenger zu als bei euch hier oben. Entweder muss ich heimlich aufs Klo, um eine zu rauchen, oder mich im Park hinter Büschen verstecken. Da hat man mich auch schon mal aufgestöbert und mir vorgeworfen, ich wolle abhauen."

„Wie lange bleibst du denn noch im Abendfrieden? Ich meine, irgendwann wirst du doch für den Laden zu jung sein."

„Das dauert noch, bin doch jetzt auch noch viel zu klapprig. Nee Anna, da muss ich mich noch eine Weile gedulden. Aber wenn ich auf die Hilfe der Quälgeister nicht mehr angewiesen bin, dann haue ich lieber heute als morgen ab."

„Wenn ich das so höre, kann ich ja noch ganz froh sein, dass mein Ende nicht im Altenheim, sondern abrupt in der Newa endete. Na ja, dein Altersheim in Deutschland kann man sicher nicht mit einem verwanzten Armenhaus für Alte in Petrograd vergleichen. Demnach habe ich doppeltes Glück gehabt. Wobei, im eiskalten Fluss zu ersaufen ist auch kein Vergnügen. Wenn du irgendwann wieder gut zu Fuß bist, Jakob, kannst du dann für mich ein bisschen schmuggeln? Hier oben gibt es nur das Nötigste, wir sollen in unserer Freizeit nämlich lieber frohlocken anstatt zu konsumieren! Dein Schade soll es nicht sein. Wer nett zu mir ist, hat es noch nie bereut! Würdest du das für mich tun?"

Er sah Annas verführerischen Blick und Jakobs Herz fing an zu rasen. Natürlich würde er all ihre Wünsche erfüllen, egal was sie von ihm verlangte. Er musste nur schnell wieder auf dem Damm sein, und das konnte noch ein bis zwei Jahre dauern.

„Klar Anna, das mache ich für dich. Mir kann sowieso nichts passieren, die brauchen mich doch als Versuchskarnickel. Nur, noch packe ich das nicht und außerdem lässt mich keiner alleine aus dem Heim."

„Sollst für mich ja auch nicht gleich sofort etwas einschmuggeln. Du musst mir nur versprechen, dir ganz viel Mühe zu geben, damit du bald fit bist. Versprichst du mir das? Ich kann mir gut vorstellen, was für ein fescher Kerl du bist, wenn du wieder fest mit beiden Beinen auf der Erde stehst. Bei deinem nächsten Besuch kommst du zu mir, okay? Dann sage ich dir, was du besorgen sollst, und über deine Belohnung reden wir auch."

Sie streichelte dem Jakob zärtlich übers schlohweiße Haar und stupste mit ihrem Zeigefinger keck seine rote Nasenspitze. Jakob nahm sich vor, ganz schnell wieder fit zu werden.

„Eine Frage habe ich noch, Anna. Heute, als ich zu euch kam und an der Himmelspforte klopfte, da dauerte es eine Weile, bis geöffnet wurde. Dann hast du aufgemacht und nicht der Petrus. Auf der Erde denken aber alle, der Petrus sei der Pförtner mit dem großen Schlüssel in der Hand, dabei ist er euer himmlischer Bürovorsteher."

„Das hast du gut beobachtet, Jakob! Aber du kennst Petrus noch nicht richtig. Den Job an der Tür machte er jahrelang, bis er die Schnauze voll hatte. Anfangs ließ er beim Allmächtigen durchblicken, dass dies nun wirklich kein Arbeitsplatz für die Unendlichkeit sei, Petrus wollte unbedingt abgelöst werden. Als keine Resonanz kam, fing der Petrus an zu maulen, und meldete sich öfter krank. Doch das beeindruckte unseren Herrgott überhaupt nicht, er kann manchmal stur wie ein russischer Panzer sein. Nun gut, Petrus hat dann noch ein paar Jahrzehnte weiter gemuffelt und widerwillig als Türsteher gearbeitet, aber irgendwann reichte es ihm. Er ließ sich eines Morgens mir nichts, dir nichts von unserem himmlischen Figaro den Bart stutzen, zog seine Kutte aus und hängte sie samt Schlüssel wortlos an den goldenen Haken neben dem Eingang.

Achte mal drauf, da hängt sie noch immer. Danach steuerte Petrus direkt ins Gemach unseres Allmächtigen, es muss zwischen beiden wohl gewaltig gerumst haben. Seit der Zeit kümmern sich alle ein bisschen um die Himmelspforte. Der Petrus aber ist nur noch für den ambrosischen Verwaltungsapparat zuständig."

„Kommt mir irgendwie bekannt vor, solche Grabenkämpfe kenne ich von früher aus der Firma. Dauerte aber nie so lange, ging meistens von heute auf morgen über die Bühne."

„Na ja, nun ist wieder Friede, Freude, Eierkuchen. So, jetzt will ich dir hier oben aber alles zeigen. Eigentlich ist das nicht üblich, Rundgänge machen wir sonst nur mit Kindern. Du musst wissen, wenn ein Kind stirbt und zu uns kommt, dann nehmen wir uns viel Zeit für das Balg. Ein Engel hebt es auf den Arm und fliegt mit ihm durch die Himmelsstuben, zeigt und erklärt ihm alles. Kinder sind neugierig, sie wollen wissen, wieso Engel fliegen können und wie das geht. Natürlich möchten sie am liebsten auch gleich den Allmächtigen sehen und ihn mit Fragen löchern. Neulich kam so ein süßer Fratz, gerade mal sieben Jahre alt geworden, Giovanni und Fan von Inter Mailand, zu uns. Der Kleine hatte im Gedränge seinen Vater verloren. Irgendwie muss er im Stadion zwischen die Chaoten aus Rom gekommen sein. Er hat beim 1:0 für Inter zu laut gejubelt, und das wurde ihm übel genommen. Giovanni trug noch seine Fanklamotten, als er zu uns kam. Er wollte gleich wissen, ob er die Sachen anbehalten darf. Komm Jakob, wir müssen hier rein."

Anna öffnete eine Tür und schob ihn in einen dunklen Saal. Stickige Luft schlug ihm entgegen und er hörte Wehgeschrei.

„Warte, es wird gleich hell, du siehst ja sonst nichts."

Es war nur das Schlagen von Flügeln zu hören, ein Engel flatterte von Laterne zu Laterne und zündete sie an. Jakob musste sich die Augen reiben, so geblendet war er. Der ganze Raum war voller Betten und in jedem lag ein Individuum und jammerte.

„Das ist ja schrecklich, Anna. Was haben die denn alle?"

„Sei tapfer, Jakob, aber das solltest du unbedingt sehen. Es sind alles Menschen ohne Rückgrat, die hier liegen. Keine Alten oder Unfallopfer, wie du vielleicht denkst. Nein, die meisten haben sich aus dem Staub gemacht, wenn es brenzlig wurde. Oder sie waren einfach nur zu feige, eine Sache durchzustehen. Haben sich für nichts und niemanden eingesetzt oder um etwas gekämpft. Sie waren auf der Erde nur einfache Arschlöcher und jetzt sind sie himmlische Arschlöcher! Das geht leider durch sämtliche Völker und Schichten, alle wollen nur ihren eigenen Hintern retten und haben Angst vor Konsequenzen. Jeder von denen hat auf der Erde einen riesigen Scherbenhaufen hinterlassen. Dafür ist aber auch jeder von denen bei uns völlig trocken angekommen, weil niemand an ihrem Grab Tränen vergossen hat. Sind keine Bedauernswerten, sie müssen nur so lange in ihren Betten liegen und dürfen sich nicht rühren, bis ihnen ein Rückgrat gewachsen ist."

„Aber Anna, ist das nicht schrecklich? Wenn ich mir vorstelle, ich sollte mit Schmerzen im Rücken neben all diesen Kreaturen liegen und mir die ganze Zeit das Gejammer anhören."

„Du wüsstest dann aber endlich, weshalb du hier liegen musst. Darfst kein Mitleid haben, sie sind es nicht wert. Wenn's nach mir ginge, dann sollte man sie auf direktem Weg in die Hölle schicken. Aber mich fragt ja keiner. Nun hast du hier oben Dinge gesehen, die wir sonst nur den Kindern zeigen. Behalte alles für dich und sprich mit niemandem darüber. Schau runter, Jakob, auf der Erde ist es inzwischen dunkel geworden. Man wartet auf dich, du musst wieder zurück in dein Heim."

In den Flegeljahren

Die gute Rottwald war kurz davor, ihren aufreibenden Job im Abendfrieden zu schmeißen. Jakobowsky raubte seiner Pflegerin durch Übermut, besser gesagt mit seinem unermüdlichen Tatendrang, den letzten Nerv. Auf der anderen Seite brauchte sie dringend das Geld, um wenigstens einmal im Jahr aus dem Mief ihrer ländlichen Umgebung herauszukommen. Dann machte sie mit ihrem Göttergatten Herbert in Rimini Urlaub. Sein Gehalt allein reichte für solche Extraausgaben nicht, außerdem wollten die Rottwalds nicht auch noch in den Ferien jeden Groschen umdrehen müssen. In Rimini war man inzwischen Stammgast. Und dieses Jahr wollte man zum zwölften Mal mit dem klapprigen Ford für zwei Wochen an die Adria fahren. Also brauchte Margot Rottwald den Job! Außerdem hegte ihr Herbert Zweifel, ob der alte Wagen die Strecke über den Brenner überhaupt noch einmal schaffen würde. Bedeutete, dass man sich in näherer Zukunft Gedanken wegen Anschaffung eines Gebrauchten machen würde. Nein, Margot Rottwald musste einfach mitarbeiten!

Kurz vor der Abreise suchte sie ihren Friseur auf, um sich blond tönen zu lassen. Schließlich wusste die Rottwald aus ihrer Frauenzeitschrift, dass italienische Männer von blonden Frauen schwärmten. Dass es sich bei der Meldung offensichtlich um eine Zeitungsente handelte, hätte die enttäuschte Rottwald am liebsten der Redaktion mitgeteilt. Ihre Erfahrung mit italienischen Männern war, dass die sich ihr gegenüber äußerst reserviert verhielten. Sei's drum, die gute Margot belog sich selbst. Südländer würden eigentlich auch nicht in ihr Beuteschema passen, da seien Männer anderer Volksstämme attraktiver! Trotzdem, Rimini wurde jedes

Jahr zum Erlebnis! Am Tag faulenzte man am belebten Strand. Einmal fand die Rottwald im Getümmel ihren Herbert erst nach Sonnenuntergang wieder. Abends dagegen machte man sich schick und ging in Marios Pizzeria. Im Vorjahr entführte Herbert sie an ihrem Hochzeitstag in ein, bei Touristen sehr beliebtes Restaurant. Schon am Eingang hätte Margot am liebsten kehrtgemacht, der Laden war brechend voll. Aber ihr Herbert hatte vorab zwei Plätze reserviert. Und so führte der italienische Kellner seine deutschen Gäste, Einheimische mieden ohnehin das Lokal, an einen Tisch mit Blick auf die Adria. Margot studierte sogleich die Speisekarte, musste aber feststellen, dass sie die meisten Gerichte nicht kannte. Zuhause aßen die Rottwalds gerne Rinderzunge mit Rotkohl, gab's in dem Laden aber nicht. Folglich bestellte sie Seezunge mit Rotkohl. Der italienische Kellner sah sie verwirrt an. Rotkohl oder Rotkraut kannte er aus seiner Zeit in Wolfsburg. Das passe aber nicht zur Seezunge, versuchte er Margot zu erklären.

Margots Enttäuschung war unübersehbar, als sie merkte, dass es sich bei dem Gericht nicht um das geliebte Fleisch, sondern um Fisch handelte. Aber weil Herbert sie angesichts seiner außergewöhnlichen Idee, der Gattin auch mal etwas zu bieten, pausenlos stolz anlächelte, aß Margot tapfer ihre Seezunge. Die Frage des italienischen Kellners nach Zufriedenheit beantwortete sie akustisch unangemessen laut.

„Fischstäbchen sind mir lieber", gab sie der Bedienung zu verstehen und sah sich dabei Beifall heischend nach anderen deutschen Gästen um. „Fischstäbchen mit Pommes und Mayonnaise, dafür lasse ich jede Seezunge stehen!"

Margot erntete anstelle Beifallsbezeugung nur unverständliches Kopfschütteln. Seit dem Abend sind die Rottwalds dann lieber wieder in ihre Pizzeria gegangen.

„Nee Gaby, was mit meinem Spezi von 319 los ist, ich fasse es einfach nicht", jammerte sie ihrer Kollegin während der Frühstückspause vor. „Wenn ich das Geld nicht so dringend bräuchte, dann würde ich der Kuhn den Job vor die Füße schmeißen. Der Jakobowsky schafft mich, der Mensch ist das reinste Energiebündel geworden. Bei meinen anderen Kunden lache ich darüber, da weiß ich genau, dass eine Woche später wieder die Luft raus ist. Was in dem Alter eine Woche ausmacht, das weißt du ja selbst. Aber der Jakobowsky, nein! Eben komme ich doch ins Zimmer, da liegt der auf dem Teppich und macht Liegestütz. Gaby, hast du so etwas schon mal erlebt?"

„Darüber haben wir ja neulich erst gesprochen, für mich ist der Mensch ein Phänomen! Ich kann dir da auch nicht mehr weiterhelfen. Hoffe nur, dass die Kuhn nicht irgendwann das Personal verschiebt und ich nachher noch deine Etage kriege."

So resignierte die Rottwald und unterwarf sich Jakobowskys Temperament. Irgendwann kam sie zu dem Schluss, der alte Zausel, würde er so weitermachen, sie bestimmt überlebte. Dass ihre Ahnung zutreffend sein könnte, daran glaubte die Rottwald natürlich nicht wirklich.

Weil niemand es für notwendig hielt, mit Jakob in den Park zu gehen, beschwerte der sich bei der Heimleitung. Schließlich wollte er ganz schnell fit werden, Annas Aussicht auf Belohnung hatte ihn neugierig gemacht.

„Ich muss unbedingt mal an die frische Luft, um meine eingerosteten Knochen wieder zu bewegen. Das Personal hier ist Scheiße, die sind alle zu faul und bewegen sich nur bei Aussicht auf Trinkgeld. Ich latsche sonst einfach alleine los!"

„Nun lassen wir mal die Kirche im Dorf, wir können doch sowieso keine weiten Strecken mehr laufen. Gehen wir doch einfach immer schön den Flur rauf und runter. Da ist es auch nicht so windig wie draußen", versuchte ihn die Kuhn zu beruhigen. „Und wenn unsere Füße streiken oder wenn's uns irgendwann zu viel wird, dann legen wir eben 'ne Pause ein und rufen nach unserem Pfleger."

„Klar doch, latsche ich anstatt im Park lieber auf dem Flur hin und her, wie ein Bekloppter, von einer Wand zur anderen. Wegen der frischen Luft bräuchte ich dann ja meinen Kopf nur noch aus dem Fenster zu halten, richtig? Das könnte der faulen Bagage hier so passen! Bloß nicht mit mir in den Park gehen. Dafür kann ich ja den Flur rauf- und runterlaufen, kurz meine Birne aus dem Fenster halten und weiter hin und her. Dabei braucht mich nur einer zu beobachten und man verfrachtet mich postwendend ins Blödenheim."

Er ließ nicht locker und bedrängte die Kuhn so lange, bis sie versprach, die Rottwald zu verdonnern, mit ihm in den Park zu gehen.

„Mein Lieber, wir können ja richtig bockig werden. Aber bitte keine Gewaltmärsche, unsere Frau Rottwald ist nicht mehr die Jüngste und außerdem hat sie noch andere Sachen zu tun."

„Aber die soll jeden Tag mit mir raus, das können Sie ihr gleich sagen. Nicht nur einmal die Woche oder so, immer nachmittags will ich in den Park!"

„Ja, träum ruhig weiter, Opa", murmelte sie vor sich hin, ohne dass er es mitbekam. „Wir wüssten ja sonst auch nicht, was wir den lieben langen Tag machen sollen."

Die Rottwald musste ihn beim ersten Spaziergang hin und wieder stützen. Ging es bergan, dann schnaufte Jakob und er brauchte eine Pause.

„Siehst du, Opa, da haben wir uns dann wohl doch etwas übernommen. Wir sollten unsere Ausflüge in den Park besser lassen."

„Wir lassen das nicht, heute ist doch erst der Anfang. Das geht auch nicht gleich alles wie geschmiert, ist so wie mit einem alten Auto, was jahrelang im Hinterhof vergammelte. Das fährt auch nicht gleich aus dem Stand hundert Sachen. Ich setz mich jetzt da hinten auf die Bank und rauche eine."

„Woher haben wir denn das Teufelszeug? Zigaretten im Heim sind doch verboten!"

„Sind wir im Heim? Und wer mir die Kippen besorgt hat, sage ich sowieso nicht!"

Jakobowsky hatte einen jungen Pfleger so lange bekniet, bis der ihm zwei Packungen aus der Stadt mitbrachte.

„Na ja, wir müssen ja selbst wissen, was wir tun. Vielleicht schaufeln wir uns mit den Zigaretten unser eigenes Grab. Rauch ruhig noch ein paar von den Dingern, Opa, vielleicht müssen wir dann bald nicht mehr in den Park."

Auf dem Rückweg grinste er dreist die anderen Alten an, die ihm im Rollstuhl entgegenkamen. Das blieb der Rottwald natürlich auch nicht verborgen.

„Wir machen uns doch wohl hoffentlich nicht über die armen Krüppel lustig? Mein lieber Jakobowsky, ich kann das auch der Frau Kuhn melden. Ob die uns dann noch in den Park schickt, das glaube ich kaum."

Schon ein halbes Jahr später hatte sie Mühe, ihrem Lieblingskunden bei den täglichen Spaziergängen zu folgen. Jakob ging voran und die Rottwald hechelte hinter ihm her. Als es nicht mehr ging und sie sich ausruhen musste, stichelte er.

„Mädel, Mädel. Und wir sind doch noch so jung. Wir qualmen nicht und sind trotzdem außer Atem. Wie soll das bloß mit uns enden?"

„Nicht auch noch verarschen, Opa! Außerdem sehe ich viel jünger aus als ich bin! Nur, wenn wir so gut zu Fuß sind, warum gehen wir dann eigentlich nicht alleine spazieren? Ich muss doch nicht dauernd hinterherlatschen."

Seit dem Tag verließ Jakob das Heim, wann immer er Lust auf Ausgang verspürte. Die Rottwald beobachtete ihn öfter vom Flurfenster aus.

„Guck mal, Gaby, komm schnell her. Nun sieh dir bloß an, was der macht, Dauerlauf! Nee, ich sag da gar nichts mehr zu. Wahrscheinlich habe ich auf unserem Lehrgang bei dem Vortrag übers Altern irgendetwas falsch verstanden. Pass auf, eines Tages meldet der sich für die Olympischen Spiele an. Bitte Gaby, zwick mich mal."

Ab sofort ließ Jakob Jakobowsky sich nicht mehr alles gefallen. So verbat er sich das ‚du' und den ‚Opa' und insbesondere das dämliche ‚wir'. Doch das ignorierte die Rottwald.

„Ins eine Ohr rein, sich kräftig schütteln und aus dem anderen Ohr wieder raus", sagte sie zu ihren beiden Kolleginnen. „Die Alten werden von uns alle so angeredet und für Jakobowsky brate ich bestimmt keine Extrawurst, das wäre ja noch schöner!"

Die Neubauer und die Kramer sahen sich verständnisvoll an und nickten zustimmend. So änderte sich eigentlich überhaupt nichts. Bis auf den Umstand, dass Jakobowsky zum verbalen Gegenangriff überging und mit der Rottwald ebenfalls nur noch in der Ausdrucksweise kommunizierte.

„Was kredenzen wir uns heute bloß wieder für einen Höllenfraß? Gleich noch etwas, ab morgen esse ich unten mit den anderen, ist das klar?"

Die Rottwald, sofort pikiert, stellte ihm sein Tablett auf den Tisch und drehte sich auf dem Absatz um. Möglichst grußlos weg aus Jakobowskys Nähe, überhaupt nicht um ihn kümmern.

„Mensch, was ist das bloß wieder für eine undefinierbare Pampe! Wir sollten vielleicht langsam mal kochen lernen, zu alt sind wir dafür doch sicher noch nicht. Oder setzen wir unserem geliebten Ehegatten zuhause vielleicht auch immer solchen Mist vor? Der Ärmste ist bestimmt magenkrank und spindeldürre. Noch etwas, sollten wir jetzt die beleidigte Leberwurst spielen, so machen wir trotzdem die Tür leise zu, wenn wir das Zimmer verlassen. Nicht so ungestüm, wir besitzen doch Anstand."

Seine Anmache war der Rottwald dann doch zu heftig und sie giftete zurück.

„Dass ich hier nicht selber koche, sollte sich rumgesprochen haben! Solche Frechheiten wie eben verbitte ich mir! Ich werde mich bei der Heimleitung beschweren, wir können hier auch achtkantig rausfliegen! Früher, als wir noch klapprig waren, da hatte ich manchmal Mitleid, aber das ist jetzt vorbei! In letzter Zeit sind wir ja ein richtiger Kotzbrocken geworden. Ich werde unserer Frau Kuhn wohl mal ein paar Dinge erzählen müssen. Was sind das eigentlich neuerdings immer so komische Flecken in unserer Unterwäsche? Wir holen uns doch in unserem Alter wohl hoffentlich keinen mehr runter?"

Zack, das hatte gesessen! Die Rottwald war erheblich gefährlicher, als er dachte. Jakobowsky musste einige Male schlucken, bevor er die Sprache wieder fand. Die Rottwald grinste ihn triumphierend an und sie war sich sicher, die Oberhand behalten zu haben. Aber Jakobowskys Schlagfertigkeit durfte man trotz seines hohen Alters nicht unterschätzen.

„Ich und an mir rumspielen, so ein Quatsch! Im Heim laufen schließlich genug rüstige Weiber rum, ich könnte jede Menge erzählen! Nee, so etwas habe ich nicht nötig! Wir haben ja 'ne richtig versaute Fantasie, hätte ich nun wirklich nicht von uns gedacht!"

Jakobowskys Anspielung auf rüstige Heimbewohnerinnen, über die es angeblich etwas zu erzählen gab, wurde unterm Pflegepersonal natürlich sofort zum Gesprächsthema. Nur, man nahm die Sache nicht ernst und hakte seine Andeutungen letztlich unter der Kategorie ‚Wunschvorstellung' ab. Bis, ja bis sich im Heim am Empfang eine etwas aufgedonnerte ältere Dame nach einem gewissen Jakob Jakobowsky erkundigte. Der Kuhn fiel vor Überraschung beinahe der Kugelschreiber aus der Hand, sie ließ sich aber nichts weiter anmerken und erklärte, sogleich „unserem lieben Herrn Jakobowsky" Bescheid zu geben. Als nach dreimaligem Klopfen sich nichts rührte, steckte die Kuhn den Kopf durch die Tür.

„Warum melden wir uns denn nicht, wir haben Besuch! Unten wartet 'ne ziemlich muntere Alte auf uns, wo haben wir die denn aufgegabelt?"

„Das kann nicht sein, die will bestimmt nicht zu mir. Ich kenne kaum noch Leute, die meisten sind längst abgekratzt. Oder wollen wir uns vielleicht wieder nur ein bisschen veräppeln?"

„Nicht doch, unten wartet wirklich eine nette Dame und sie hat ausdrücklich nach Jakob Jakobowsky gefragt, das sind wir doch, nicht wahr? Wir sollten uns jetzt lieber etwas schick machen. Wie wir wieder rumlaufen, so empfängt man keinen Damenbesuch. Mir ist zu Ohren gekommen, dass wir rüstigen Grazien gegenüber nicht unbedingt abweisend sind, oder? Aber mit dem Auftritt machen wir beim anderen Geschlecht bestimmt keinen Eindruck."

„Papperlapapp, hat sie wenigstens ihren Namen gesagt?"

„Doch, Maria Rodenstock oder so ähnlich."

„Ach du liebe Güte, meine Geschiedene! Die heißt Marita und nicht Maria! Was will die denn bloß noch von mir? Ich hab doch gedacht, die sei längst unter der Erde."

Jakob war mächtig nervös geworden und die Kuhn bekam direkt ein bisschen Mitleid mit ihm. Solch unerwarteter Besuch von einer Ehemaligen hätte manch Jüngeren umgehauen. Er durchwühlte seinen Schrank nach angemessener Kleidung und brabbelte dabei vor sich hin.

„Wo ist denn bloß diese Scheißhose? Hat bestimmt die Rottwald hier wieder alles durchwühlt. Ich halt das im Kopf nicht aus, meldet sich doch tatsächlich meine Alte! Und wir", er drehte sich um und zeigte mit dem Finger auf die Kuhn, „wir lungern nachher, nur weil wir wieder neugierig sind und unbedingt alles aufschnappen müssen, nicht dauernd im Besuchsraum rum! Was stehen wir eigentlich noch in der Tür? Raus jetzt, ich muss die Hose wechseln!"

Jakobowsky verfluchte das Treppenhaus, der altersschwache Fahrstuhl streikte mal wieder. Was bloß seine Geschiedene von ihm wollte?

„Dich vielleicht ein letztes Mal sehen, bevor du das Zeitliche segnest. Tag, mein Lieber, siehst ja noch recht passabel aus. Wenn ich richtig rechne, gehst du doch allmählich auf die Neunzig zu, oder?"

„Blödsinn, so alt bin ich längst nicht!"

„Daran siehst du, wie selten ich an dich denke. Die lausigen Jahre mit dir versuche ich nämlich zu verdrängen, war nicht unbedingt die schönste Zeit meines Lebens. Schwamm drüber, du warst für unsere verkorkste Ehe nicht allein verantwortlich, ich habe auch meinen Teil zu dem Chaos beigetragen! Ja, da musste ich doch ein paar Ämter abklappern, um an deine Adresse zu kommen. Und nun bin ich hier! Mich hat nämlich brennend interessiert, wie's meinem Ehemaligen wohl so geht."

„Interesse an anderen zeigen, das ist ja ein ganz neuer Zug von dir. Hinter deinem Besuch steckt doch irgendeine Schweinerei. Mach's kurz, was willst du?"

„Kennst mich noch ganz gut, Jakob! Nur, Schweinerei würde ich das nicht unbedingt nennen, eher Erhaltungstrieb. Natürlich habe ich den langen Weg nicht aus reiner Sehnsucht nach dir auf mich genommen. Seit einigen Jahren lebe ich nämlich auch im Heim, in Altona. Ziemlich erstklassige Anlage, nicht so ein Schuppen wie der hier. Aber eigentlich kann ich mir die gepfefferten Preise nicht mehr leisten. Auch unserem Sohn Erich fällt es inzwischen schwer, mir ein wenig unter die Arme zu greifen, er hat ein paar Kredite laufen. Seitdem du nämlich ohne Vorwarnung einfach die monatlichen Zahlungen eingestellt hast, steht mir finanziell das Wasser bis zum Hals. Das war damals kein feiner Zug von dir und so habe ich mir gedacht, ich komme doch einfach mal bei dir vorbei. Und hier bin ich nun. Wir müssen uns unterhalten, Jakobowsky! Wolltest du mich etwa bescheißen?"

Verdammt noch mal, daran hatte er überhaupt nicht mehr gedacht. Als er mal wieder ziemlich klamm war, ließ Jakob tatsächlich die monatlichen Zahlungen an seine Ex einstellen. Weil er lange Zeit nichts mehr von ihr gehört hatte, konnte sie ja vielleicht auch verstorben sein. Später vergaß Jakob die ganze Sache. Bis jetzt war er mit seiner Rente einigermaßen gut über die Runden gekommen, er brauchte für sich selbst nur wenig Geld ausgeben. Aber in seinem speziellen Fall, schließlich würde er jünger und seine Ansprüche logischerweise steigen, käme er durch monatliche Zahlung an seine Ehemalige finanziell in Schwulitäten.

„Nee, bescheißen wollte ich dich nicht. Aber du hast mich bei der Scheidung kräftig abgezockt und jetzt kann ich deinen Aufenthalt im Luxusheim ganz sicher nicht auch noch finanzieren!"

„Ich breche gleich in Tränen aus, du bist wirklich naiv! Jakobowsky, du wirst wieder löhnen müssen! Und nicht nur meinen monatlichen Anteil, sondern wirst mir auch den Betrag nachzahlen, den du unterschlagen hast. Ob du dir das leisten kannst oder auch nicht, ist mir wirklich egal! Kannst ja einen Kredit aufnehmen. Hauptsache, du kommst in die Hufe."

„In meinem Alter räumt mir die Bank doch keinen Kredit mehr ein. Nee Marita, das schmink dir mal ab!"

„Gut, mein Lieber, dann muss ich wohl oder übel wieder mal zum Anwalt, du kennst ihn ja noch von damals. Ich werde damit natürlich nicht lange warten. Möchte noch etwas von der Knete haben, mir geht nämlich auch so langsam die Zeit aus. Wenn's hart auf hart kommt sehen wir uns vorm Kadi wieder, danach hoffentlich erst ganz oben. Falls man für dich nicht schon einen Platz in der Hölle reserviert hat. Mach's gut, Jakobowsky, überschlag mal in Ruhe deine Finanzen, vielleicht kannst du dir 'ne Menge Ärger ersparen."

Sie drehte sich auf dem Absatz um und rauschte aus dem Besucherraum. Jakob sah leicht irritiert hinter seiner Ex her. Marita kam noch einmal zurück.

„Du wirst von mir hören", flötete sie, „darauf kannst du Gift nehmen!"

Jakobowsky verkrümelte sich aufs Zimmer, er musste nachdenken und wollte ungestört sein. Er holte sich Bleistift und Zettel, um sich einen Überblick über seine Finanzen zu verschaffen. Aber wie nicht anders zu erwarten, steckte in dem Moment die Kuhn den Kopf durch die Tür.

„Na, das sah mir aber nicht unbedingt nach trautem Glück aus! Wir kriegen wohl mit jedem Ärger, was? So eine nette Frau, die haben wir gar nicht verdient. Na ja, die Ärmste hat sich ja dann wohl auch von uns getrennt, richtig so! Wir machen uns eigentlich immer selbst das Leben schwer!"

„Und wir machen jetzt die Tür von draußen zu! Dauernd schneit hier jemand rein, ich brauche auch mal meine Ruhe."

„Nicht doch so grantig, wollte nur fragen, ob alles in Ordnung ist."

„Nichts ist in Ordnung! Meine Ex will mich abzocken, ausziehen bis aufs Hemd, bis ich pleite bin. Vorher gibt die keine Ruhe! Aber die wird sich wundern, keine müde Mark sieht die von mir."

„Wieso, ging's etwa um Geld?"

„Klar, ich soll wieder für sie löhnen. Dabei wohnt die in einem Nobelschuppen, nicht in so einer abgewrackten Bude wie der hier. Und ich soll das finanzieren, die spinnt doch!"

„Aber wenn wir geschieden sind, dann müssen wir auch für den Unterhalt aufkommen, so ist das nun mal. Von was soll die arme Frau denn leben?"

„Quatsch, ich soll ihr nur das noble Heim finanzieren. Dabei habe ich gar nicht mehr damit gerechnet, dass der alte Drache noch lebt. Dass ich damals auch so doof war und die geheiratet habe. Wenn sie Ernst macht, dann muss ich mir wohl oder übel 'nen Anwalt nehmen, und der will natürlich auch Kohle sehen."

Dazu kam es nicht! Genau eine Woche nach Maritas Besuch klopfte die Rottwald an seine Tür. Er war erstaunt, sonst platzte die meistens ohne Vorwarnung rein.

„Hier, ein Brief. Scheint wohl keine gute Nachricht zu sein, wegen dem schwarzen Rand."

Er riss den Umschlag auf. Ein Herr Mahlmann, Heimleiter aus Altona, teilte ihm mit, dass Marita Rodenstock friedlich eingeschlafen war und die Beerdigung am kommenden Freitag sei. Falls es irgendetwas zu besprechen gab, stünde er Jakob nach dem Begräbnis jederzeit zur Verfügung. Jakobowsky konnte ein leichtes Glücksgefühl nicht verhehlen, demnach hatte er sich wegen seiner prekären Finanzsituation umsonst Gedanken gemacht! Da lag Marita mit ihrer Drohung aber voll daneben, Jakob brauchte kein Gift zu nehmen. Er schickte ein inniges Dankgebet gen Himmel, gute Verbindungen zu haben schien unbezahlbar!

„Scheint dann ja wohl doch nicht so schlimm zu sein, wir haben eben gelächelt."

An die Rottwald hatte er nicht mehr gedacht, sie stand noch immer in der Tür.

„Ach, wir lungern hier ja auch noch rum. Damit wir nicht vor lauter Neugier platzen, meine Ex hat den Löffel abgegeben. Ist wirklich keine schlimme Nachricht."

Unser Protagonist wurde zusehends agiler. So, als hätte die Nachricht vom Ableben der Ex seinen Kreislauf exorbitant in Schwung gebracht. Anstatt an dem besagten Freitag in Altona am Grab seiner Marita den untröstlichen Witwer zu mimen, schlich er sich aus dem Heim und fuhr mit der Taxe in die Stadt. Natürlich erzählte er erst gar nichts von seinem Plan, ein Reisebüro aufzusuchen, man hätte bloß wieder Fragen gestellt.

Weil er sich morgens beim Frühstück immer die zerfledderten Zeitungsteile zusammensuchen musste, abonnierte Jakob den Tagesanzeiger und las ihn auf dem Zimmer. Sein Augenlicht war erheblich besser geworden und deshalb war er zum Augenarzt gegangen, der ihm nach eingehender Untersuchung kopfschüttelnd schwächere Brillengläser verschrieb. Besonders interessierte Jakob sich für Reisebeschreibungen. So richtig weit weg war er nie gewesen und in seinem Alter traute er sich noch keinen Flug zu. Deshalb wollte er im Reisebüro hören, was man ihm empfehlen konnte.

„Nein, Herr Jakobowsky, zu einem Flug möchte ich Ihnen nicht raten. Für Leute Ihres Alters gibt es doch bequemere Möglichkeiten. Beispielsweise mit dem Bus in die Berge oder ans Meer. Es müssen schließlich nicht gleich die Malediven sein, der Harz oder die Nordsee, das wäre etwas für Sie. Sie sind mit älteren Leuten zusammen und auch den gesundheitlichen Aspekt sollte man nicht vergessen, medizinische Betreuung ist inklusive. Wir bieten Reisen mit eigens für Senioren auserwählten Veranstaltungen an, daran hätten Sie bestimmt Ihren Spaß. Tagsüber werden Wanderungen gemacht und abends gemeinsam gesungen. Ist auch alles gar nicht teuer, ich hätte ein paar tolle Angebote für Sie."

„Am liebsten würde ich mir erst nur mal Prospekte mitnehmen."

Jakob fand die Idee, gemeinsam mit gebrechlichen oder verkalkten Tattergreisen zu verreisen, keinesfalls spannend. Tagsüber an jeder Abbiegung auf Fuß- und Herzkranke warten zu müssen und abends gemeinsam jodeln, das war nichts für ihn. Er wollte im Urlaub etwas erleben, und wenn es sich ergab, auch schon mal kräftig auf den Putz hauen.

„Sicher doch, ich stelle Ihnen gleich etwas zusammen. So, die Unterlagen packen wir am besten in eine Plastiktüte, und wenn Sie sich entschieden haben, kommen Sie wieder vorbei. Schönen Tag noch und Achtung, die Stufen."

„Nicht noch vorm Geschäft auf die Schnauze fliegen, wäre schade um die teuren Prospekte. Egal, wenn der Alte sich nicht bald entscheidet, sind die Kataloge sowieso futsch." Letzteres brabbelte sich der Reiseberater in den Bart, als er die Tür hinter Jakob schloss.

Kurz darauf stand Jakobowsky, nachdem er die blöde Treppe beim Reisebüro unfallfrei gemeistert hatte, mit seiner Plastiktüte auf dem Bürgersteig. Er verspürte noch keine Lust aufs Altenheim. Wenn er schon mal abgehauen war, dann wollte er es schließlich ausnutzen. Den Ort kannte er noch von damals, er war früher öfter in die Stadt gefahren, um die Zeit totzuschlagen. Irgendwann ging das aber aus gesundheitlichen Gründen nicht mehr.

Nach einer knappen Stunde hatte er sich alles angesehen, außerdem machten seine Beine schlapp und Jakob verspürte mächtigen Durst. Das Haus auf der gegenüberliegenden Straßenseite sah nach einer Kneipe aus. Ja, überm Eingang ein Schild, ‚Goldener Löwe'. Er trat in eine verqualmte Gaststube und hatte Mühe, überhaupt etwas zu erkennen. Einige Gäste saßen an der Theke und waren für die Tageszeit schon recht lustig. Er setzte sich an einen der vorderen Tische und legte seine Tüte mit den Prospekten neben sich auf den Stuhl.

„Bier oder Korn, oder gleich beides?"

„Ich? Meinen Sie mich?"

„Logisch, aber nicht so förmlich, der Herr. Wir quatschen uns hier alle mit ‚du' an. Sind nämlich eine große Familie, alle vom selben Stammbaum, dem der fanatischen Trinkergilde. Also, was ist nun, Bier und Korn?"

„Ein Helles für meinen Freund und du kannst bei mir auch die Luft rauslassen", mischte sich ein seltsamer Typ ein und steuerte direkt auf Jakob zu. „Geht auf meine Rechnung, gibst dafür nachher einen aus. Ich setz mich mal, bin der Paul."

„Eigentlich wollte ich um die Zeit noch keinen Alkohol, lieber 'nen Tee."

„Blödsinn, für so etwas hast du immer noch Zeit, wenn nichts anderes mehr geht und sie dir so ein Blubberzeug mit der Schnabeltasse einflößen müssen. Aber heute sind wir noch gut drauf, uns kriegt man nicht so schnell kaputt. Deshalb pfeifen wir uns auch etwas Handfestes rein, nicht so ein Kindergesöff. Prost, wie heißt du eigentlich?"

„Der Jakob bin ich, habe aber lange kein Bier mehr getrunken. In unserem puritanisch geführten Heim ist Alkohol verboten. Aber es schmeckt wieder, merke ich gleich!"

„Was denn, du wohnst draußen im Abendfrieden? Na ja, möglichst weit raus aus der Stadt mit den Alten, als wenn man sich euretwegen schämen müsste. Soll ja ein ziemlich abgewrackter Laden sein, die Kuhn kenne ich.

Die ist so was von geizig, die möchte am liebsten alles umsonst kriegen. Da macht natürlich kein Händler mit, die verkaufen der eben den Ramsch, den sie sonst weggeschmissen hätten. Na ja, leicht vergammeltes Fleisch ist dafür schön zart. Machst es aber richtig, Jakob, musst mal raus aus dem Laden, um etwas zu erleben. Immer nur mit den ollen Leuten rumhocken, da verblödet man. Du wirst schließlich auch nicht jünger."

Jakobowsky hätte sich fast verschluckt.

„So Paul, jetzt gebe ich noch einen aus und dann zische ich ab."

„Hannes, schmeiß noch zwei Bier rüber, Jakob und ich trocknen sonst aus", grölte Paul durchs Lokal. „Weißt du, Jakob, meine Devise heißt ‚leben und leben lassen, selbst aber am besten leben'. Da ist was dran, den Moment auskosten und sich etwas leisten. Kumpel von mir, eigenen Schrotthandel gehabt und immer gut verdient, von morgens bis abends geschuftet und nie im Leben verreist, vorige Woche mussten wir den armen Kerl einbuddeln. Hast ja vielleicht sogar die Todesanzeige von Gustav Dreyer gelesen. Seine Gerda sitzt jetzt zuhause und flennt den ganzen Tag und überlegt, wer ihr vielleicht den Laden für 'nen Appel und 'nen Ei abkaufen könnte. Nee Jakob, da mache ich es lieber auf meine Art. Bin jetzt Stammkunde beim Sozialamt, die Typen vom Arbeitsamt sind an mir verzweifelt. Zuletzt hatten die mich als Hilfsarbeiter beim Bau eingesetzt. Na, da kannten die Paul Klein schlecht, extra so viel Mist verzapft, bis sie mich ganz schnell rausgeschmissen haben. Jetzt geht's mir besser, komme jeden Tag hier zu Hannes hin und knalle mir einen in die Birne. Kann das meistens sogar bezahlen, nur die letzten Tage vor Ultimo schreibt Hannes an. Er kriegt ja seine Mäuse und das weiß er auch. Alles Freunde hier, wir haben immer mächtig Spaß, die machen das alle wie ich. Irgendwann kriegte ich noch mal wieder so eine lästige Aufforderung zur Maloche und habe mich auch beworben, kommst ja nicht drum herum. Ich war geplättet, weil man mich tatsächlich zum Vorstellungsgespräch einlud. Was soll ich dir sagen, sicherheitshalber machte ich die halbe Nacht bei Hannes durch. Hab dann noch 'ne Stunde gepennt und bin am nächsten Morgen direkt in die Firma. Kannst du dir vorstellen, wie ich ausgesehen und gestunken habe? Ich hätte mich selbst nicht eingestellt.

Klappte dann ja auch ‚leider' nicht, die wollten sich bei meinem Anblick erst gar nicht mit mir unterhalten. Ich hab mich danach gleich wieder aufs Fahrrad geschwungen und bin zurück in die Kneipe, um meine Enttäuschung runterzuspülen. Ich habe aber auch ein Pech, was? Ha, ha, ha! Hannes, lass bei uns beiden Hübschen noch mal ganz schnell die Luft aus den Gläsern."

„Aber ich wollte doch …"

„Du bist jetzt still, Jakob! Wir trinken noch einen, so jung kommen wir nie mehr zusammen."

„Ich schon."

„Was?"

„Ich meine, ich merke schon was."

„Sei froh, daran siehst du, dass bei dir noch alles funktioniert. Stell dir vor, du kippst dir das Zeug hinter die Binde und merkst nichts. Erstens wäre das rausgeschmissenes Geld und zweitens würde bei dir irgendwas nicht stimmen."

Im Heim wurde um diese Uhrzeit das Abendbrot aufgetischt, deswegen bekam Jakobowsky aber kein schlechtes Gewissen. Wahrscheinlich wurde er schon vermisst, doch es beunruhigte ihn nicht besonders. Er würde eben etwas später eintrudeln und die könnten sich dafür seine Mahlzeit an den Hut stecken. Das war der geizigen Kuhn bestimmt gar nicht unrecht. Was so ein paar Bierchen ausmachten, Jakob verspürte eine angenehme innerliche Wärme. Hier war es gemütlich, mit Paul konnte man sich prima unterhalten und die im Abendfrieden sollten ihm den Buckel runterrutschen.

„Wie läuft das denn eigentlich so bei dir? Erzähl doch mal, du wirst ja wohl kaum den lieben langen Tag im Heim rumhocken und nur ganz erpicht auf Abfütterung warten."

„Nee Paul, die Zeit ist vorbei. Hättest mich mal vor ein paar Jahren sehen sollen, war kurz davor den Löffel abzugeben. Mir geht's jetzt immer besser, ich werde jünger und nicht älter. Ja Paul, da guckst du blöd. Bei mir geht's anders lang, läuft alles umgekehrt."

„Ich lach mich kaputt, du bist vielleicht 'ne Marke! Hört mal alle her", rief er durchs Lokal, „unser guter Jakob macht das genau verkehrt rum, nicht wie wir Normalsterblichen. Jakob wird immer jünger und braucht sich ums Alter keine Gedanken zu machen. Irgendwann spielt der nach seiner Pubertät mit unseren Urenkeln im Sandkasten. Heiliger Strohsack, du bist mir vielleicht 'ne Frohnatur!"

„Nicht doch, Paul! Müssen doch die anderen nicht mitkriegen, ich darf darüber eigentlich nicht sprechen. Rück mal ran, aber was ich dir jetzt sage, bleibt unter uns, klar?"

„Logo, kannst mir alles anvertrauen, ich schweige wie ein Grab. Prost Jakob!"

„Prost Paul! Warte mal 'nen Moment, muss nur kurz aufs Klo."

Der Weg bis zur Toilette bereitete ihm erhebliche Mühe. Meine Güte, er hatte vielleicht einen Sockenschuss! War trotzdem 'ne gute Idee gewesen, in die Kneipe zu gehen. Das würde er in Zukunft öfter machen, schließlich war Paul auch immer hier. Mit ihm konnte er sich wenigstens mal über andere Dinge unterhalten als mit den Scheintoten im Heim.

„Hat ja ziemlich lange gedauert, dachte schon, du wärst auf dem Pott eingepennt. Nun mal raus mit der Sprache, was wolltest du mir vorhin erzählen?"

„Das bleibt aber ganz bestimmt unter uns, klar?"

„Kannst dich drauf verlassen, schieß los."

Jakob erzählte ihm die ganze Geschichte und Paul bog sich vor Lachen.

„Hannes, bimmle mal ganz schnell nach 'nem Taxi zum Altersheim, unser guter Jakob ist total breit. Ich krieg mich nicht mehr ein, das ist vielleicht ein Früchtchen! Pass auf", er klopfte ihm auf die Schulter, „Hannes ruft dir jetzt ein Taxi und im Heim pennst du dich schön aus. War wohl doch ein bisschen viel, was du gebechert hast. Dafür, dass du lange keinen mehr gehabt hast, ging das schon ganz prima. Kommst aber unbedingt bald wieder vorbei, mich kannst du eigentlich jeden Tag hier finden. Ich schreib dir dann schon mal ein paar Zeilen für meinen alten Kumpel Gustav auf. Drückst beim nächsten Besuch da oben Petrus den Zettel in die Hand, er soll ihn an Gustav Dreyer weiterleiten. Ist doch Klasse, Jakob, bei deiner außergewöhnlichen Zukunft kannst du doch prima den Briefträger zwischen Himmel und Erde machen."

Im Heim geriet man mächtig in Aufregung. Der Taxifahrer hatte seinen Wagen direkt vorm Eingang geparkt und war zum Empfang gegangen.
„Ich habe draußen auf dem Rücksitz 'ne Schnapsleiche und die behauptet steif und fest, dass sie hier wohnt. Müsst ihr euch mal ansehen, ob das stimmt. Wenn ja, dann brauche ich sowieso jemanden, der mir hilft, alleine schaffe ich das nicht. Wenn nicht, kutschiere ich ihn zum Revier und lade ihn bei der Polizei ab."
Zwei Pfleger gingen mit vor die Tür, einer leuchtete Jakob mit der Taschenlampe ins Gesicht.
„Ist wirklich ein Kunde von uns, Opa Jakobowsky. Na, der wird mächtig Ärger kriegen."
Nur mit Mühe zerrten sie ihn aus dem Wagen und schleppten ihn zum Fahrstuhl. Der Fahrer kam hinterhergerannt.
„Hier, die Tüte gehört doch bestimmt dem alten Saufsack. Seine ganzen Prospekte lagen auf dem Boden."

„Nun seht euch doch das mal an, hoffentlich hatte der keinen Unfall. Ach du liebe Güte, das ist ja der Alte von 319!"
Die Rottwald tratschte auf dem Flur mit ein paar Kolleginnen gerade über die von der Kuhn angekündigten Einsparungsmaßnahmen, als die beiden Pfleger laut fluchend unseren Protagonisten aus dem Fahrstuhl schleiften.
„Ist dem alten Zausel was passiert?"
„Bloß keine Panik, abgehauen ist das Früchtchen und er hat sich bei der Gelegenheit gleich einen gefegt. Den schmeißen wir so wie er ist aufs Bett."
„Na, das wird ein böses Nachspiel geben! Geht ihr mal mit auf sein Zimmer und passt auf, dass der nicht noch mehr Blödsinn anstellt. Ich melde der Kuhn den Zwischenfall, so etwas kann man schließlich nicht durchgehen lassen."

Die Neubauer wie auch die Kramer nickten zustimmend. Nein, bei solchen Dingen musste man hart durchgreifen und durfte wirklich kein Auge zudrücken!

„Was wir uns gestern wieder geleistet haben, das schlägt dem Fass den Boden aus! Wie kann man in unserem Alter bloß solchen Blödsinn verzapfen? Mein lieber Jakobowsky, das hier ist ein hochanständiges Heim und keine Ausnüchterungszelle! Angeblich wollten wir spazieren gehen, von Kneipenbesuch und Saufgelage war keine Rede. Die Reiseprospekte, was ist damit? Wir wollen uns doch in unserem Alter nicht etwa noch die Welt ansehen?"

„Nein, eigentlich hatte ich das ganz alleine vor. Ich muss hier mal ein paar Tage raus, kann doch nicht andauernd nur unter Mummelgreisen sein. In den Harz oder an die Nordsee hat man im Reisebüro gesagt, da sollte ich mal hinfahren."

„Sicher doch, warum nicht gleich bis nach Australien?"

„Nee, das ist nichts in meinem Alter, darüber haben wir uns auch unterhalten."

„Dann sollten wir denen im Reisebüro ruhig mal erzählen, was wir alles anstellen, wenn keiner auf uns aufpasst. Und dass wir trotz unseres hohen Alters immer noch in den Flegeljahren sind, die werden sich bedanken! Mein lieber Jakobowsky, solche Sperenzchen von wegen verreisen und so, das können wir gleich vergessen! Wir könnten ja freiwillig ausziehen und zusehen, wie wir alleine klarkommen, das wäre für beide Seiten das Beste. Die Schnapsidee mit der Reise schlagen wir uns besser aus dem Kopf."

„War's das endlich? Ich muss mal runter etwas erledigen."

„Im Moment schon, aber das Thema ist noch nicht vom Tisch. Für Donnerstag habe ich eine Sitzung anberaumt, dann wird darüber abgestimmt, ob wir das Heim verlassen müssen oder bleiben dürfen. Leider kann ich das nicht allein entscheiden, einen Heimbewohner namens Jakobowsky gäbe es hier sonst schon längst nicht mehr. So einen Fall hatten wir noch nie, normalerweise kommt sonst immer die biologische Lösung in Betracht. Aber darauf darf man wohl dem Anschein nach bei uns nicht hoffen. Petrus und Konsorten wollen von solchen Rabauken bestimmt auch nichts wissen."

Von Rheumadecken, Renate und dem wahnsinnigen Adolf H.

Petrus befehligte unseren Protagonisten zum sofortigen Besuch zu sich und machte ihn mächtig zur Sau. Besonderes Pech für Jakob, just zu dem Zeitraum herrschte im Himmel eine ganz miese Stimmung. Aber der Reihe nach. Als er an der Himmelstür läutete, öffnete ihm die niedliche Carmen. Sie war einst die vernachlässigte Ehefrau eines vertrottelten spanischen Briefträgers und die spätere Konkubine des Postministers, dato Schreibkraft bei Petrus im Büro.

„Ach, du bist es, Jakob, das ist aber schön", flötete Carmen, „endlich blickt man mal in ein freundliches Gesicht. Du glaubst gar nicht, was hier los ist. Den Allmächtigen habe ich Ewigkeiten nicht mehr gesehen und die Anna scheint sich verkrochen zu haben. Petrus sollte man besser links liegen lassen, mit dem ist nicht gut Kirschen essen. So richtig weiß natürlich keiner, was los ist, wird aber 'ne Menge getuschelt. Petrus war wohl beim Allmächtigen und wollte Anna endlich zur Gespielin, damit sie bei ihm wohnen kann. Weil Petrus so etwas wie einen Sonderstatus und Vorbildfunktion hat, soll der Herrgott das wohl abgelehnt haben. Die Anna braucht aber wieder 'nen Mann. Bei dem, was sie auf der Erde getrieben hat, bekommt sie allmählich Entzugserscheinungen. Wie gesagt, wohin sie sich verkrochen hat, weiß niemand, und Petrus lädt seinen ganzen Frust bei uns ab. Sollst gleich zu ihm rein, lass dir aber nichts anmerken."

„Aus dem Heim abhauen und sich einen in die Birne knallen" empfing Petrus ihn mit markigen Worten, „das kann ich ja noch verstehen. Würde selbst gern mal über die Stränge hauen. Und dass du verreisen willst, dagegen ist eigentlich überhaupt nichts zu sagen, die sollen sich in deinem Heim bloß nicht so anstellen. Nur, dass du einem stadtbekannten Säufer wie dem Paul Klein deine ganze Geschichte auf die Nase bindest, damit hast du mich sehr enttäuscht! Glücklicherweise war der Klein so besoffen, dass er am nächsten Tag nichts mehr davon wusste. So etwas machst du nicht wieder, haben wir uns verstanden? Sonst müssen wir den Test sofort abbrechen und du kannst gleich hierbleiben. Wenn irgendein Mensch davon etwas spitzkriegt, dann war das sowieso alles umsonst. Jakob Jakobowsky, nimm langsam etwas Vernunft an, du bist doch nicht dämlich! Diesmal berichte ich dem Allmächtigen nichts, ausnahmsweise! Du verstehst mich hoffentlich, ‚ausnahmsweise' habe ich gesagt. Hast nämlich großes Glück, momentan kann mir der Alte gestohlen bleiben, wir reden nicht mehr miteinander. Und jetzt beeil dich, du musst zurück auf die Erde, schließlich findet deinetwegen heute Abend auch noch 'ne Krisensitzung statt. Mensch Jakob, wir hätten uns damals besser für einen anderen Kandidaten entscheiden sollen. Für einen, der nicht so viel Blödsinn macht wie du."

Punkt 18 Uhr eröffnete die Kuhn im kleinen Konferenzraum die Krisensitzung.
„Ich vertrete die Meinung, dass der weitere Aufenthalt des Herrn Jakobowsky bei uns im Abendfrieden nicht mehr erforderlich scheint. Fragen Sie mich bitte nicht, auch ich kann mir seine Aktivitäten nicht erklären. Zu den Eskapaden komme ich später, nur erst mal so viel, er wird mit jedem Tag frischer und frecher, der Mann ist ein Phänomen! Was seinen guten gesundheitlichen Zustand betrifft, darüber freue ich mich natürlich. Aus diesem Grunde ist es aber nun auch nicht mehr vertretbar, dass sein Platz für wirklich Bedürftige blockiert wird. Nach unseren Unterlagen ist Herr Jakobowsky über neunzig und so prächtig auf dem Damm wie sonst jemand mit siebzig Jahren. Deshalb bitte ich meinem Vorschlag zuzustimmen und Herrn Jakobowsky aus unserem Heim zu entlassen. Es muss natürlich gewährleistet sein, dass wir für ihn eine entsprechende Unterkunft finden. Die darf seinen finanziellen Rahmen nicht sprengen,

und weiter schlage ich vor, dass anfangs jemand von uns täglich einmal bei ihm nach dem Rechten sieht."

Unter den Entscheidungsträgern hatte es um Jakobowskys mögliche Abschiebung heftige Diskussionen gegeben. Einige standen mit ihrer Meinung hinter der Kuhn, andere hatten so ihre Bedenken. Schließlich wäre es ein Novum, würde man einen Neunzigjährigen, wegen dessen erstaunlich guter Physis, den weiteren Heimaufenthalt verweigern. Immerhin stand auch der gute Ruf des Hauses auf dem Spiel. Es gab also eine Pattsituation! Doch die Kuhn ließ sich deshalb nicht entmutigen, sie musste eben ins Detail gehen und von Jakobowskys Ausrutschern berichten.

Jakobs Hirngespinst, allein verreisen zu können, meinte sie ihm ausgeredet zu haben. Wochenlang hörte sie von seiner Seite nichts mehr und die Kuhn war sich sicher, dass er den Gedanken daran aufgegeben hatte. Bis er eines Morgens in ihrem Büro auftauchte, um sich für den nächsten Tag zu einer Busreise einschließlich Werbeveranstaltung abzumelden. Abends würde er jedenfalls zurück sein. Sie, die Kuhn, sie solle das bloß aufschreiben, damit man im Heim wegen seiner Abwesenheit nicht gleich wieder verrückt spielt.

„Nun ja, wir wollen also an einer Kaffeefahrt teilnehmen. In Gottes Namen, wenn's denn sein muss. Doch wir sollten schon aufpassen und uns keinen Plunder andrehen lassen. Aber was rede ich, wir sind ja alt genug. Wo soll's denn hingehen?"

„Der Bus fährt zu einem Weingut und da gibt's sogar Mittagessen umsonst und zu trinken. Vorgeführt wird auch etwas, wir müssen aber nichts kaufen, steht extra im Prospekt. Und jeder kriegt am Ende sogar noch ein Geschenk."

„Mein Lieber, das ist ja alles sehr schön. Auch dass wir den Tag über verpflegt werden und hier nicht essen müssen, das finde ich großzügig. Nur, wir passen auf und trinken nicht gleich wieder Unmengen an Wein."

Jakob konnte wegen der Vorfreude die Nacht kaum schlafen. Gegen halb acht ging er am nächsten Morgen zum beschriebenen Treffpunkt und begrüßte den wartenden Busfahrer mit Handschlag. Während der Fahrt wurde nicht viel miteinander gesprochen, da über die Lautsprecheranlage pausenlos Heimatlieder dudelten. Nur ab und zu von einem jungen Mann unterbrochen, der mit seiner Ansage auf die nachmittägliche Verkaufsveranstaltung einstimmte. Neben Jakob saß ein dicker Alter. Der war sofort bei Abfahrt des Busses eingeschlafen, und als man das Ziel erreichte, da musste Jakob ihn rütteln. Aber der Dicke wurde nicht wach und so ging Jakob zu dem Busfahrer und meldete das. Danach rannten ein paar Mitarbeiter des Veranstalters aufgeregt hin und her, einer scheuchte die Teilnehmer ins Lokal. Die Veranstaltung fing mit halbstündiger Verspätung an, und auf der Rückfahrt hatte Jakob beide Plätze für sich allein. Als er gegen halb zehn wieder im Abendfrieden auftauchte, zeigte er der Burmeister vom Empfang gleich seine Errungenschaften. Die Kuhn, die gerade die Post sortierte, sah neugierig um die Ecke.

„Na, da wurde uns dann ja doch etwas angedreht. Was haben wir denn Schönes gekauft?"

„Echtes Sonderangebot und ganz neu von der Messe. 'ne flauschige Rheumadecke, so was wollte ich schon immer haben."

„Aber wir kränkeln doch nicht, seien wir doch froh."

„So etwas kann man immer gebrauchen und ich muss nachts nicht ständig frieren."

„Aber mein lieber Jakobowsky, bei uns braucht keiner zu frieren. Wir drehen einfach nur die Heizung etwas höher. Was hat das gute Stück denn gekostet?"

„Glaubt mir sowieso keiner, nicht mal 200 Kröten. Plastikgeschirr und ein halbes Pfund Butter hat man mir auch geschenkt. So etwas mache ich in Zukunft öfter!"

Und das wurde dann zum Problem! Jakob ließ ab sofort keine Kaffeefahrt mehr aus. Das wäre alles nicht schlimm gewesen, hätte er nicht jedes Mal haufenweise Tinnef angeschleppt. Die räumliche Kapazität von Zimmer 319 stieß dann bald an seine Grenze, aufräumen sowie sauber machen war unmöglich geworden. Der ganze Plunder lag auf dem Teppich verteilt. Seinen Wäscheschrank hatte Jakob ausgeräumt, den Inhalt obendrauf gestapelt und dafür den Trödel an Werbegeschenken hineingestopft. Er bedrohte jeden, der an dem Zustand etwas ändern wollte.

„Gesund scheint er ja vielleicht zu sein, aber in seinem Kopf sind ein paar Schrauben locker."

„Er muss sich von dem Mist trennen, das hier ist schließlich keine Müllhalde. Ich rede gleich mit ihm."

Kurz darauf stand die Kuhn unverrichteter Dinge auf dem Flur und war den Tränen nahe. Jakobowsky lehnte es strikt ab, sich von den Sachen zu trennen, und verteidigte lautstark seine Errungenschaften. Am Ende warf er die Kuhn aus dem Zimmer.

„Der soll mich kennenlernen, ab sofort werden andere Seiten aufgezogen!"

Allein der Vorfall wäre aber noch kein Grund gewesen, deshalb gleich eine Krisensitzung einzuberufen. Nur waren viele Dinge zusammengekommen, und wenn man es richtig betrachtete, dann hatte Jakob manchmal wirklich überzogen und das Personal zur Weißglut getrieben. Neuerdings fuhr er dienstags und freitags mit dem Bus in die Stadt, und es passierte öfter, dass er spätabends mit beachtlicher Schräglage im Abendfrieden auftauchte. Nach seinem letzten Streifzug blieb er mitten im Eingangsbereich stehen, sang unanständige Lieder und erzählte der Burmeister schmutzige Witze. Die Krönung war, als er die Bürotür von der Kuhn aufriss und die verdatterte Heimleiterin um einen ihm zustehenden Anschiss bat.

„Altes Fräulein, haben wir heute etwa meine Heimkehr verpennt? Dabei freue ich mich schon den ganzen Weg auf die Standpauke. Also, was ist nun, hat's uns die Sprache verschlagen?"

Daraufhin führte die Kuhn am nächsten Tag sofort ein Gespräch mit dem zuständigen Heimarzt. Wegen der Schweigepflicht durfte er keine Einzelheiten über Jakobowskys Gesundheitszustand preisgeben. Aber er ließ durchblicken, dass der Alte von 319 ungewöhnlich topfit sei und er als Mediziner in diesem speziellen Fall mit seinem Latein am Ende war.

„Bei seinem heutigen Allgemeinzustand hätte er überhaupt keine Chance, im Abendfrieden aufgenommen zu werden. Mehr darf ich dazu nicht sagen."

„Er ist also bestens auf dem Damm. Doktor, würden Sie das vor dem Gremium wiederholen?"

„Natürlich, nur erklären kann ich es denen nicht."

Zu allem Übel passierte dann auch noch die Sache mit Renate. Sie tauchte öfter bei Hannes in der Kneipe auf, wo Jakob hin und wieder mit ihr ein Bier trank. Renate war etwa Mitte 50 und sah für ihr Alter verbraucht aus. Anfangs unterhielt man sich, wenn Paul sich nicht dazwischendrängte und störte, über Gott und die Welt und man gab sich gegenseitig einen aus. Später erzählte Paul Klein ihm, dass die Renate für einen Zehner gewisse Dinge mit einem machen würde.

„Das ist nicht wahr, Paul. So eine ist die Renate bestimmt nicht!"

„Du kannst es mir ruhig glauben. Wenn ich mal so richtigen Druck habe, bei wem entspanne ich mich wohl, etwa bei meiner Alten? Siehst du, also drücke ich Renate einen Zehner in die Hand und wir gehen hinten auf den Hof und nachher fühle ich mich wie neugeboren. Vielleicht lässt sie dich auch ran, wenn du ihr nicht ein bisschen zu alt bist. Renate ist doch früher auf den Strich gegangen, wusstest du das nicht?"

„Nee, von wem denn? Hannes, kannst du mir mal den Zwanziger wechseln? Paul, du hältst dich jetzt zurück und lässt mich mit Renate alleine. Mal gucken, was geht, ich setze mich mit zu ihr an den Tisch."

„Hier Jakob, deine beiden Zehner."

„Danke Hannes."

Jakobowsky spendierte der Renate ein paar Drinks. Sie war an dem Abend aber nicht besonders gut drauf und wollte gegen zehn nach Hause. Jakob bot sich an, sie zu begleiten, auch er musste langsam ins Heim zurück. Draußen legte er seinen Arm um sie, weil Renate etwas wacklig auf den Beinen war. Nachdem beide in den Park einbogen, wurde Jakob mutig und drückte der Renate den Geldschein in die Hand.

„Hier, der ist für dich. Damit du ein bisschen nett zu mir bist", säuselte er erwartungsvoll.

„Ich bin doch immer nett. Wie man in den Wald ruft, so schallt es heraus. Trotzdem, danke."

Sie steckte das Geld ein und lachte. Jakob sah das als Aufforderung, sie befummeln zu dürfen. Er tastete sich vorsichtig mit der linken Hand unter ihrer Jacke zum Busen vor. Renate wollte das aber nicht.

„Mit den Pfoten ist verboten."

Bestimmt wollte sie mit ihm knutschen! Er zog Renate an sich und versuchte sie zu küssen.

„Jetzt ist aber genug, Jakob! Hör endlich auf mit dem Scheiß, vielleicht will ich das nicht!"

Das kannte er noch aus seiner Sturm- und Drangzeit. Wenn Frauen ‚vielleicht' sagten, dann wollten sie eine Sache ganz bestimmt. So grapschte er sofort wieder nach ihrem Busen. Daraufhin wurde Renate wirklich böse und sie schrie ihn laut an.

„Hör auf, du geiler Bock! Lass mich los, du tust mir weh! Mensch, hau ab!"

Dummerweise legten in dem Moment zwei Polizisten in der Nähe auf einem Parkplatz ihre stündliche Pinkelpause ein.

„Sei mal stille", sagte einer zu seinem Kollegen. „Hörst du nichts? Da wird doch eine vergewaltigt. Mach den Stall zu und lass uns mal gucken."

Beide sprangen hinter ihrem Fahrzeug hervor und überwältigten den verdutzten Jakob. Er wurde aufs Revier gebracht und vernommen. Nach Unterzeichnung des Protokolls entließ man ihn und Jakob fuhr mit einer Taxe ins Heim.

Der Vorfall brachte das Fass zum Überlaufen und wurde seitens der Kuhn offiziell zum Anlass genommen, Jakobowskys Aufenthalt im Abendfrieden infrage zu stellen. Auch als Renate bei einer weiteren Vernehmung aussagte, dass alles nur ein Missverständnis gewesen sei, weil man zu viel getrunken habe, ließ sich die Kuhn nicht umstimmen. Wer weiß, ob sie jemals wieder solch gravierenden Grund finden würde, um Jakobowsky abzuschieben.

Bei der Abstimmung kam man zu dem Ergebnis, dass Jakobs Aufenthalt im Abendfrieden künftig nicht mehr vonnöten sei.

„Da haben wir uns ja etwas Schönes eingebrockt! Der Krug geht halt eben immer nur so lange zum Brunnen, bis er bricht. In unserem Alter saufen und Weiber anmachen, ich weiß nicht. Na ja, nun haben wir die Quittung."

Der Rottwald war eine gewisse Erleichterung anzumerken.

„Ja, da haben wir uns was Schönes eingebrockt", äffte er sie nach. „Und wir werden uns auch nicht mehr sehen, dem Himmel sei Dank! Ich kann in Zukunft machen, was ich will, ohne dass eine von euch Schnüffelnasen hinter mir her ist. Wenn ich mich von hier verdrücken konnte, dann habe ich mich jedes Mal erholt. Sich mal mit normalen Menschen unterhalten und nicht dauernd in dieser blöden Babysprache angequatscht zu werden, da blüht man direkt auf. Wenn ich das muffige Heim endlich verlasse, dann male ich vorm Tor drei Kreuze auf den Bürgersteig."

„Wir hätten längst ausziehen können, wenn uns das gestört hat."

„Ja, das hätte ich wirklich machen sollen. Aber ich konnte nicht früher ausziehen, so klapprig, wie ich mal war. Wenigstens wusste ich, dass ich jünger werde und zu Kräften komme, immerhin war das ein Trost."

„Da haben wir's, wir faseln schon wieder totalen Blödsinn. Na ja, viel gefehlt hat ja nicht und wir wären in der Klapsmühle gelandet, bei dem, was wir uns geleistet haben. Im Heim für Bekloppte wird sich auch nicht übers Essen beschwert und solche Nörgelfritzen wie wir kriegen da sowieso nur Katzenfutter vorgesetzt. Außer natürlich am Sonntag, da wird gekochter Pansen serviert."

„Jetzt raus aus meinem Zimmer, sonst vergesse ich mich!"

Er wollte sie unsanft nach draußen schieben, stellte sich dabei ungeschickt an und berührte unfreiwillig den Rottwaldschen Busen.

„Na, wir werden doch wohl hoffentlich nicht aufdringlich. Bloß nicht anfassen, ich bin schließlich keins von den Flittchen aus irgendeiner Kneipe."

„Gibt's im Haushalt bei den Rottwalds etwa keine Spiegel? Nee, an Geschmacksverirrung leide ich nicht. Aber jetzt endlich raus aus dem alten Kabuff, ich will mich umziehen!"

Margot Rottwald zog es vor, hinter sich die Tür zu schließen und das Weite zu suchen.

„Bei dem, was du dir geleistet hast, musstest du ohnehin früher oder später aus dem Heim fliegen. Andernfalls hätte man dich wegen deines exorbitant guten Allgemeinzustands so oder so entlassen müssen. Nun hat man dir ja eine kleine Wohnung besorgt und ich hoffe, dass du alleine zurechtkommst. Gib mir deine Adresse, ist nur für alle Fälle."

„In der Bäckerstraße 7 wohne ich und Telefon habe ich auch."

„Hör mal, Jakob, du hast jetzt ein paar Jahre Zeit, bis du wieder ins Berufsleben einsteigst. Du würdest uns allen hier oben einen großen Gefallen tun, wenn du bis dahin die Zeit nicht nur in deiner Stammkneipe verbringen würdest."

„Nee Petrus, hin und wieder will ich da aber schon noch mal hin. Leider gibt es angesichts gesundheitlicher Probleme unter den Stammgästen 'ne hohe Fluktuation. Aber Paul Klein lebt noch, er hat sich bis jetzt ganz gut gehalten, der ist zäh. Paul ist in letzter Zeit nur ein bisschen tatterig geworden. Neulich hat er mit seiner Wackelhand das Bier verschüttet. Na, der war vielleicht sauer. Wir mussten ihn mit drei Mann festhalten, er wollte das Bier partout vom Boden aufschlürfen. Jetzt hält er sein Glas sicherheitshalber mit beiden Händen fest. Ach ja, die Jahre bis zu meinem Beruf, das dauert ja noch ein Weilchen. Bis dahin spiele ich vielleicht Tennis und lasse es mir gut gehen."

„Prima, aber das wird natürlich alles kein Zuckerschlecken werden. Spiele du erst mal ein bisschen Tennis und erhole dich. Wenn du unten angekommen bist, dann stell dich auf deinen neuen Lebensrhythmus ein. Musst dich dran gewöhnen, dass du nun nicht mehr bemuttert wirst. Wolltest du nicht mal deine geschiedene Frau besuchen? Sie ist doch kürzlich hier bei uns eingetroffen."

„Du liebe Güte, wieso sollte ich? Nee Petrus, ich will die Anna sprechen, die ist doch inzwischen bestimmt wieder aufgetaucht."

„Ja, die Anna sitzt in ihrem Büro, meinetwegen kannst du gleich rüber zu ihr."

„Warte Petrus, ich hätte noch einen Wunsch."

„Du und einen Wunsch? Na, da bin ich aber gespannt."

„Darfst mich nicht falsch verstehen, Petrus. Ich bin wirklich keiner von den Rechten oder so etwas. Aber ich würde gerne mal mit Adolf Hitler reden, der ist doch auch hier."

„Zum Hitler willst du? Warum denn ausgerechnet zu ihm? Ich könnte für dich einen Termin bei Einstein oder Kaiser Barbarossa arrangieren. Den Hitler kann hier kaum einer leiden, er wird von den meisten Himmelsbewohnern geschnitten. Der ist nicht ganz richtig im Kopf. Er war zwar schon immer wahnsinnig, aber als er mitkriegte, welche Machtposition unser Allmächtiger innehat, das muss ihm wohl den Rest gegeben haben. Adolf Hitler hat sich zurückentwickelt, geistig steht er heute etwa auf der Stufe eines Sechsjährigen. Er rennt noch immer in seinem braunen Anzug rum, nur jetzt mit kurzen Hosen. Freunde hat er kaum welche, außer Goebbels und Himmler geben sich nicht viele mit ihm ab. Die drei Typen verdrücken sich meist in eine Ecke und spielen ‚Mensch ärgere Dich nicht' oder ‚Schwarzer Peter'. Manchmal setzt sich auch noch die Eva Braun dazu. Mit der hat Hitler sich hier oben wieder zusammengetan, da hat sich das richtige Gesocks gefunden."

„Aber Petrus, für ein Gespräch beim Einstein bin ich schlicht zu doof. Und den ollen Kaiser Barbarossa wüsste ich wirklich nicht, was ich ihn fragen sollte. Nein, ich würde viel lieber den Hitler besuchen."

„Aber keine Schlägerei mit dem Chaoten, das musst du mir versprechen. Du gehst jetzt rüber zur Anna, wolltest ja sowieso zu ihr. Bei ihr wartest du, bis der verrückte Adolf dich empfängt."

„Ich habe schon gehört, wen du besuchen willst. Du hast doch wohl 'nen Knall, Jakob, zum übergeschnappten Adolf willst du? Trotzdem, setz dich erst mal, hast dich richtig gut gemacht, siehst jetzt toll aus. Wenn ich an deinen letzten Besuch bei mir denke, das ist ja ein Unterschied wie Tag und Nacht. Ich habe schon auf dich gewartet, du wolltest doch etwas für mich einschmuggeln, machst du das?"

„Das habe ich dir versprochen und das halte ich, Anna. Was ist es denn?"

„Warte, nimm den Zettel, hier steht alles drauf."

„Was denn, Reizwäsche? Ich soll für dich Strapse besorgen?"

„Richtig Jakob, so ein paar Scharfmacher will ich haben. Brauchst denen im Laden nur den Zettel hinzuhalten, die können damit schon etwas anfangen. Was ist mit dir? Du bist ja plötzlich ganz blass geworden."

„Na ja, mit solchen Sachen hatte ich lange nichts zu tun. Und wenn ich mir vorstelle, wie verführerisch du in Straps und Höschen aussiehst, dann schlottern mir die Knie."

„Das kann ich gut verstehen, mein lieber Jakob." Sie war hinter ihn getreten und streichelte ihm zärtlich übers noch bleiche Haar. „Besorgst mir die Sachen und ich ziehe sie für dich an, einverstanden? Ich wollte dich ja sowieso belohnen. Wenn's dir in so einem Laden peinlich ist, kannst du das meinetwegen auch im Versandhaus bestellen. In Deutschland hat man doch jede Menge Auswahl, lässt dir einfach Kataloge nach Hause schicken und schreibst das von meinem Zettel ab. Du, da hinten winkt ein Engel, kannst jetzt zum irren Adolf. Denk an meine Wäsche und pack die Sachen so ein, dass hier nicht gleich jeder spießige Paradieswächter was mitkriegt."

Des Führers Himmelsstube lag am Ende eines dunklen Korridors. Jakob klopfte zaghaft und wartete geduldig, dass man ihm öffnete. Stattdessen hörte er Adolf H. brüllen.

„Verdammt, die Hurensöhne waren wieder hier drin und haben meine letzte Rakete geklaut."

Jakob gab sich einen Ruck und trat ein. Er hatte Mühe, sich in dem halbdunklen Raum zurechtzufinden. Es roch muffig und überall am Boden lag Spielzeug herum.

„Tritt mir bloß nicht auf die Sachen, sonst lernst du mich kennen. Komm näher, mach dir nur nicht ins Hemd", dabei kicherte Hitler, als hätte er einen Witz gerissen, „ich tu dir schon nichts. Adolf ist in Wirklichkeit gar kein verdammter Schweinehund. Du bist also der Jakob Jakobowsky, richtig? Dem Namen nach kein reinrassig Deutscher, oder? Was kann ich für Sie tun, mein Herr?"

„Ich wollte dich kennenlernen und ..."

„Papperlapapp, das will ich doch gar nicht wissen. Lassen Sie mich gefälligst ausreden. Was also war noch mal der Grund Ihres Besuchs?"

Adolf Hitler bohrte sich in der Nase und starrte dabei geistesabwesend auf den Fußboden.

„Du willst mir doch bestimmt meine Waffensammlung wegnehmen. Man hat mir ohnehin nur den harmlosen Kram gelassen. Die schönen Panzer und Raketen hättest du sehen sollen, ich musste alles rausrücken. Ein Engel hat die Kostbarkeiten mitgenommen, das flatterhafte Lumpenpack ist mir sowieso ein Dorn im Auge. Nicht mal meine Wasserpistole haben die Raffkes mir gelassen. Jetzt wird mir einiges klar, du willst spionieren! Sag mal, bist du etwa der komische Typ, der alles noch einmal umgekehrt machen soll?"

„Der Allmächtige hat mich damals wieder zurück auf die Erde geschickt, ich durfte nicht hierbleiben. Ich soll alles noch einmal rückwärts probieren, damit man hier genauer planen kann."

„Ich beneide Sie, mein Herr. Den Test hätte man besser mit mir machen sollen! Heute würde ich nämlich den halben Erdball scheibchenweise einkassieren und nicht noch einmal gleich alles auf einen Schlag versuchen! Sind wohl damals die Gäule etwas mit mir durchgegangen, Länder sammeln hat aber Spaß gemacht. Ich wusste nachher nur nicht mehr, was mir alles gehört. Eva Braun hatte den Zettel verbummelt, das habe ich ihr bis heute nicht verziehen."

Jakobowsky kannte Hitler bisher nur von alten Fotos. So, wie Adolf jetzt vor ihm stand, wäre Jakob glatt an ihm vorbeigelaufen. Hitlers Visage schmückte keine Rotzbremse mehr, die wurde ihm damals gleich auf Anordnung des Allmächtigen abrasiert. Hitler hatte ein jungfräulich arschglattes Gesicht. Durch eine getönte Brille glotzte er den Jakob einigermaßen blöd an. Anstelle seiner früher fettigen, daher platt anliegenden und gescheitelten Frisur zierte den Führer ein prächtiger Glatzkopf. Adolf Hitler, in einem tadellos sitzenden braunen Anzug mit kurzen Knabenhosen! Die schweren Schnürstiefel, aus denen weiße Kniestrümpfe seine krummen Waden bedeckten, wahrhaft ein gewöhnungsbedürftiger Anblick! Nein, Jakob hätte den Adolf H. nie erkannt.

„Guckst mich ja so seltsam an, bist wohl neidisch? Ich sehe schließlich immer noch blendend aus, nicht wahr? Bisschen verändert habe ich mich, das ist aber nur Tarnung. Schließlich soll mich hier oben nicht gleich jeder Hansel erkennen, ich kann nicht andauernd Autogramme schreiben. Dass mir die Haare ausgegangen sind, finde ich Scheiße. Ich schmiere mir deswegen abends cholesterinarme Butter auf den Schädel, den Tipp habe ich von Himmler. Der Himmler erzählt aber auch einen Mist, die Butter macht im Bett nur Schweinerei und hilft überhaupt nicht. Goebbels hat mir geraten, ich soll heißen Hagebuttentee mit Eierlikör vermischen und mich damit einreiben. Dabei habe ich mir aber die Glatze verbrüht."

Im Grunde sprach Hitler die meiste Zeit nur mit sich selbst. Jakob schien Luft für ihn zu sein. Er pfiff ‚Die Internationale' und starrte dabei aus dem Fenster, Adolf war mit sich und der Verherrlichung seiner Vergangenheit allein. Abrupt beendete er das Pfeifkonzert und wandte sich an Jakob.

„Willst du mit mir spielen?"

Ehe Jakob antworten konnte, salutierte der Verrückte in Richtung seiner Tür, wandte sich aber gleich wieder dem Jakob zu und brüllte ihn an.

„Ich habe immer gewollt, dass sich das deutsche Volk nicht mit anderen Rassen vermischt! Ich gucke schon gar nicht mehr nach unten, da laufen ja mehr Ausländer als Eingeborene rum! Und die steigen auch noch alle miteinander in die Kiste und was kommt dabei raus? Ein Kuddelmuddel, das wäre unter meiner Herrschaft nicht passiert! Hocken doch sowieso alle aufeinander, Deutschland ist einfach zu eng. Ich hätte dem Reich noch ein paar Länder einverleibt, was hätten wir alle schön Platz gehabt. Dann die Arbeitslosen, die gäbe es bei mir auch nicht. Was glaubst du, wie viele Straßen, Autobahnen und Bahngleise man in Sibirien bauen kann. Wo die hinführen, wäre doch scheißegal, Hauptsache, die Leute haben Arbeit und liegen nicht auf der Straße rum. Ihr solltet mir ein Denkmal setzen, aber das werdet ihr auch noch begreifen. Hast du eigentlich ‚Mein Kampf' gelesen? Also, das Buch habe ich geschrieben, das wird noch mal zur

Pflichtlektüre. Na ja, ich bin da guter Hoffnung. Es gibt in Deutschland schon wieder 'ne Menge Freunde, alles adrette junge Männer mit kurzem Haarschnitt und strapazierbaren Stiefeln. Was wolltest du hier überhaupt? Ach ja, wir wollten ein bisschen spielen. Komm zu mir, du darfst meine Sachen ruhig anfassen. Aber sei vorsichtig damit. Wenn was kaputtgeht, dann werde ich ganz böse. Wie heißt du eigentlich?"

Hitler nahm Jakobowskys Hand und wollte sich mit ihm auf den Teppich setzen. Doch Jakob brüllte ihn an.

„Spürst du eigentlich keinen Funken schlechten Gewissens in dir? Willst andauernd nur spielen und machst dir überhaupt keine Gedanken, wie tief du die Welt ins Unglück gestürzt hast. Und wie viele Menschen heute noch darunter zu leiden haben! Was wäre der Allgemeinheit für Leid erspart geblieben, hätte dein Vater damals beim Zeugungsakt 'ne Lümmeltüte benutzt. Zumindest hätte er dich später, als du noch so ein Dreikäsehoch warst, an den österreichischen Ohren packen und im Inn ersäufen sollen."

„Lass bitte meinen Papa Alois aus dem Spiel, der war ein pflichtgetreuer Zollbeamter und hätte so etwas bestimmt nicht mit mir gemacht. Du spinnst wohl! Nein", Hitler stampfte trotzig mit dem Fuß auf, „nein, auf meinen lieben Papa lasse ich nichts kommen! Der hätte mich nie und nimmer in den kalten Inn geschmissen! Eigentlich wollte er ja einen Künstler aus mir machen, da hätte ich bestimmt auch Großes geleistet."

„Hör auf zu spinnen, du warst doch zu dämlich und hast nicht mal die Ausbildung geschafft."

Hitler war rasend vor Wut und wollte sich auf den Jakob stürzen, um ihn zu vermöbeln. Aber just in dem Moment öffnete sich die Tür und Eva Braun trat ins Zimmer.

„Ach entschuldige, Addo, du hast Besuch. Wer ist denn dieser nette Herr, willst du mich nicht vorstellen?"

„Du sollst doch nur ‚Addo' zu mir sagen, wenn wir alleine sind und schmusen! Das ist der Jakob Jakobowsky, er ist der, der alles rückwärts machen muss. Der olle Zausel war eben aber kein netter Herr! Erst will er nicht mit mir spielen und dann beschimpft er mich auch noch. Stell dir vor, mein Papa hätte besser einen Überzieher nehmen oder mich als

Buben kaltmachen sollen, das hat er gesagt. Ich wollte ihm gerade die Fresse polieren, aber da musst du ja ins Zimmer platzen."

„Addo, mäßige dich, du sollst nicht immer so aggressiv sein. Hör mal, Goebbels fordert dich auf der Stelle zu einer Partie ‚Mensch ärgere Dich nicht' auf. Er ist immer noch sauer, weil du ihn gestern dauernd rausgeschmissen hast, und er will partout seine Revanche. Lässt ihn heute mal gewinnen, sonst pinkelt er sich vor Wut wieder ein und kann die ganze Nacht nicht schlafen."

„Hast du das mitbekommen, Jakob? Ohne mich läuft hier nichts, ich mache sie alle kalt! ‚Mensch ärgere Dich nicht' ist nicht nur ein Spiel, die Leute sind ja total ahnungslos! Dazu braucht man Köpfchen, und ich habe mir eine ganz pfiffige Strategie ausgeheckt, damit mache ich sie alle fertig. Ich spiele immer nur mit den schwarzen Hüpfern, ist doch klar, wegen der Tarnung. Himmler ist einfach zu doof und merkt das nicht. Goebbels besteht sogar noch auf gelben Dingern. Wundert sich aber, wenn ich ihm die immer sofort wegputze. Der hat bis heute nichts begriffen, gelb wird doch sofort gesehen und vernichtet. Sag das aber nicht weiter, ist mein Geheimnis. So, ich haue jetzt ab, hast ja eben gehört, dass ich überall gebraucht werde."

Hitler knallte die Hacken zusammen und streckte den rechten Arm halbhoch zum Gruß.

„Zieh jetzt Leine, Jakob. Grüße unten all die netten jungen Männer mit den kurzen Haaren und den stabilen Stiefeln von mir. Wenn du nächstes Jahr hier wieder erscheinst und mich besuchst, dann bringst du mir jede Menge Zinnsoldaten mit, vergiss das nicht!"

Hitler ging an seinen Kleiderschrank und suchte etwas. Nach einem kurzen Augenblick bekam er endlich seinen kleinen braunen Holzroller zu fassen. Damit verschwand er auf dem dunklen Flur in Richtung Goebbels Kabuff. Aber er kam noch einmal zurück und steckte den Kopf durch die Tür.

„Vergiss die Zinnsoldaten nicht, sonst hast du bei mir verschissen!"

Irgendwie hatte Jakobowsky sich den Besuch beim Führer anders vorgestellt.

Monika

In dem Jahr fiel schon Anfang Dezember der erste Schnee. Bei Mollenhauer & Söhne fand am ersten Wochenende im Monat die obligatorische Weihnachtsfeier statt. Die Belegschaft sollte sich für ein paar Stunden als große Familie fühlen. Für den Anlass wurde von eifrigen Kolleginnen und dem Hausmeister die sonst so trist anmutende Betriebskantine geschmückt. Bunte Girlanden hingen zuhauf von der Decke und auf den Tischen lagen Tannenzweige. Auf Kerzenlicht war verzichtet worden. Wäre es doch bei einer vorherigen Weihnachtsfeier, als stark alkoholisierte Mitarbeiter brennende Kerzen zu Wurfgeschossen umfunktionierten, beinahe zum Schadensfeuer gekommen. Dennoch hatte man auch diesmal wieder nicht an Getränken gespart. Bitte schön, wenigstens einmal im Jahr sollte das Personal ausgiebig und ungezwungen feiern!

Anbiedern konnte man sich bei vier Chefs. Was für eine üppige und gleichzeitig riskante Möglichkeit einer Auswahl! Man musste sich nur richtig entscheiden. Die Hälfte der Belegschaft scharwenzelte um den Senior herum, noch war er der Oberboss und hatte das alleinige Sagen! Bei der anderen Hälfte, Mollenhauers drei Söhnen, buhlten die ewigen Optimisten um deren Gunst. Man konnte ja nicht wissen, wer sich nach dem Ableben des alten Mollenhauer letztendlich durchsetzen würde. Leicht angeheitert und mutig geworden erzählte man den „hohen Herren" hinter vorgehaltener Hand frivole Witze oder eine besonders lustige Anekdote aus der Firma. Dabei blieb natürlich die eigene Überzeugungskraft nicht unerwähnt. Hatte man doch erst kürzlich größte Raffinesse beim Telefonat mit einem äußerst schwierigen Kunden erfolgreich eingesetzt.

Wobei sich der Aufwand beim alten Mollenhauer lohnen konnte, für ein gewisses Quantum Arschkriechertum war er durchaus empfänglich. Wer es verstand, ihm seine Bewunderung und Unterwürfigkeit zu verdeutlichen, der hatte beim Senior einen Stein im Brett und durfte auf Gunst hoffen. Leistung und Fähigkeit wurden in der Firma mit anderen als den normal üblichen Maßstäben bewertet. So sprach Mollenhauer senior Beförderungen schon mal nach seinen ureigenen Kriterien aus. ‚Richtig schön schleimen und tief nach unten bücken, dann wirst du fix nach oben rücken', war so ein Zitat. Unter vorgehaltener Hand spöttelte man unter Kollegen darüber, hielt sich selbst aber sicherheitshalber auch an diese Regel. Man konnte ja nie wissen! Weshalb die Spielregeln noch nicht alle kapiert hatten und sich große Arschkriechermühe um einen der Söhne machten, das war nicht wirklich nachvollziehbar. Erstens erfreute sich der Senior allerbester Gesundheit. Zweitens hatte er vor einem halben Jahr das Rauchen aufgegeben und drittens haftete seinen Söhnen besserer Marionettenstatus an. Und daran sollte sich nach Vorstellung vom Alten in zeitlich überschaubarer Zukunft auch nichts ändern. Nebenbei bemerkt, die Firma Mollenhauer produzierte Kartonagen und belieferte damit große europäische Unternehmen.

Bei einer dieser Weihnachtsfeiern verabschiedete man Jakobowsky in den verdienten Ruhestand. Als Mollenhauer senior die Abschiedsrede hielt und Jakobs Leistungen über den grünen Klee lobte, da war bei allen etwas Wehmut aufgekommen. Innerlich feixte Jakob, bei dem ganzen Gesülze erfuhr er wenigstens einiges über seine zukünftige Aufgabe in der Firma. Verkaufsleiter würde er sein, gar nicht mal so schlecht! Dennoch, irgendwie reichte ihm die Lobhudelei und nach einer halben Ewigkeit sprach Mollenhauer senior endlich sein Schlusswort und schüttelte Jakob kräftig die Hand. Dynamisch, wie es sich für Jungmanager nun mal gehört, sprangen die Mollenhauer Söhne auf die Bühne und nahmen den Jakob in die Mitte. Das Licht wurde abgedunkelt, gedämpfter Trommelwirbel setzte ein. Rosi Baum und Elvira Stumpfe klapperten unüberhörbar laut mit ihren Stöckelschuhen quer durch den Saal. Angesichts einer komplett ausgetrunkenen Flasche Sekt wäre Rosi fast gestürzt, Elvira konnte sie gerade noch stützen. Gleichwohl schleppten beide etwas auf die Bühne und stellten es unversehrt neben dem Klavier ab. Nun übernahm der Älteste der Mollenhauer Söhne die Laudatio.

„Mein lieber Herr Jakobowsky, niemand hier im Raum möchte, dass Sie uns vergessen. Ebenso werden auch Sie uns für alle Zeiten in bester Erinnerung bleiben. Aus dem Grund wurde von den Kollegen und bei der Geschäftsleitung gesammelt, Sie sollen ein bleibendes Andenken mitnehmen. Jetzt sind wir aber alle ziemlich neugierig, spannen Sie uns nicht länger auf die Folter und reißen die Verpackung auf."

Tusch! Trommelwirbel! Jakob wischte sich mit dem Taschentuch lässig den Schweiß von der Stirn und ein paar Kolleginnen kreischten. Einen Moment lang sah er sich als Popstar, und wenn die verrückten Weiber nach seinem durchnässten Tuch verlangt hätten, Jakob würde es in die Fangemeinde werfen! Immerhin, heute war er der Star! Doch in Wirklichkeit fühlte Jakob sich nicht wohl in seiner Haut, im Mittelpunkt zu stehen war nicht sein Ding. Mit zittrigen und schweißnassen Händen machte er sich an der Verpackung zu schaffen. Elvira reichte ihm mit den Worten „aber ganz vorsichtig" eine Schere und Jakob schnippelte das Packpapier auf. Man hatte ihm das Bild ‚Abenddämmerung am Meer' geschenkt und er war wirklich innerlich gerührt. Vor einiger Zeit entdeckte er das Gemälde in einem Schaufenster in der Innenstadt und Jakob mochte es auf Anhieb leiden. Wieso man ihm gerade das Bild schenkte, überraschte ihn doch sehr. Aber wahrscheinlich hatte in dem Fall mal wieder Petrus seine Hand im Spiel gehabt.

Sein umgekehrter Einstieg bei Mollenhauer & Söhne nach der Verabschiedung machte ihm anfangs Sorge, aber niemand wunderte sich über Jakobs ungewöhnlichen Werdegang. Er dachte an die Worte des Allmächtigen, der einst sagte, „da wird dir schon etwas einfallen, Petrus. Lasse deinen Einfluss spielen, außerdem soll es nicht unsere Sorge sein, über was man sich auf Erden Gedanken macht. Wir müssen selbst sehen, wie wir am besten klarkommen." Demnach hatte Petrus seinen Job ganz hervorragend gemacht und beim nächsten Besuch im Himmel wollte Jakob sich dafür bei ihm bedanken.

„Habt ihr zwischen den Jahren etwas vor? Ich meine, fahrt ihr weg?"
„Ach was, Anfang Januar läuft doch meine Scheidung."
„Na Jakob, in deiner Haut möchte ich jetzt nicht stecken."
„Ich selbst auch nicht, das kannst du mir glauben."
„Ist wegen Monika, oder?"
Jakobowsky musste schlucken, demnach würde er wohl irgendwann mit einer gewissen Monika ein Verhältnis haben.
„Wenn's sowieso alle wissen. Aber sie ist nicht der alleinige Scheidungsgrund."
Er hatte sich rechtzeitig gefangen. Manchmal konnte es ganz schön kompliziert werden. Lag an Jakobs verdrehtem Lebensweg.
„Wie das so ist, meine Ehemalige will mir noch mal so richtig einen reinwürgen, alles andere ist der doch egal."
„Da ist ja bei dir ganz ordentlich die Kacke am Dampfen. Ich sag ja immer, Mann und Frau passen eigentlich nicht zusammen. Meinst du, dass du löhnen musst?"
„Worauf du dich verlassen kannst! Marita hat alle Register gezogen, um mich ins Verderben zu treiben. Die hat's nur darauf abgesehen, mich für alle Zeiten zu ruinieren. Jede Kleinigkeit aus der Vergangenheit hat mir ihr Anwalt aufs Butterbrot geschmiert. Und ich habe in dieser Scheißehe bannig viel Mist gebaut, das ist ja das Problem. Nee, dies Jahr ist nichts mit Urlaub zwischen Weihnachten und Neujahr. Silvester geh ich zu einem Kumpel und hau mir bei dem die Birne voll. Vier Tage später geht's ab zum Gericht, hoffentlich kann ich bis dahin wieder halbwegs klar denken."

Paul Klein lud zu Silvester einige Kumpel aus seiner Stammkneipe ein.
„Wir werden in meinem Schuppen ordentlich einen draufmachen", tönte er bei Hannes an der Theke. „Für ein paar Stunden das Dilemma um uns

herum ganz einfach vergessen. Jeder von euch bringt ein paar Pullen mit und schon kann's losgehen."

„Was machst du mit deiner Alten und deiner Mutter, die hocken hoffentlich nicht zwischen uns rum."

„Die schicke ich beide zu Bollmann rüber, da können sie sich vor die Glotze setzen. Und dafür hole ich den Bollmann zu uns. Seitdem er im Rollstuhl sitzt, redet er kaum noch. Wir stellen ihn einfach in die Ecke, er stört nicht. Wenn Heinz ein Bier braucht, dann meldet er sich schon und auf den Pott kann er auch von alleine. Trinken und pinkeln geht bei ihm noch fast wie neu. Was braucht der Mensch eigentlich mehr?"

Kurz vorm Jahreswechsel war Paul beim Arzt gewesen. Der hatte ihm dringend ans Herz gelegt, den Alkohol zu meiden. Zu allem Überfluss stellte der Doktor noch ein Bandscheibenproblem fest.

„Der kann mir doch nicht meinen letzten Spaß verbieten, das habe ich ihm auch gesagt. Viel mehr ärgert mich die Sache mit dem Rücken. Als die Knalltüten vom Arbeitsamt mich damals ständig von einer Baustelle zur anderen schickten, da hätte mir das was gebracht. Auf so etwas kannst du nämlich immer zurückgreifen. Nur heute, wo ich meine Rente kriege und mir einen schönen Lenz machen will, da kann ich solchen Mist bestimmt nicht gebrauchen. Unseren Jakob hier, den kriegt man anscheinend überhaupt nicht klein. Als der vor Jahren das erste Mal bei Hannes auftauchte, da war er so ein richtiger alter Tattergreis. Hat mit seiner Zitterpfote fast immer sein halbes Bier verschüttet. Und nun guckt ihn euch heute an, das blühende Leben! Ich wollte damals schon den Notarzt rufen, weil Jakob nicht mehr vom Klo runterkam. Er scheint wirklich jünger zu werden. Wisst ihr noch, als er uns das erzählte, wir haben uns gekugelt vor Lachen. Na ja, wundern tue ich mich über gar nichts mehr."

Im Gerichtsgebäude lief Jakob auf dem Flur unruhig auf und ab. Die letzte Nacht hatte er vor Aufregung kaum ein Auge zugemacht. Als könne er die Scheidungsprozedur nicht abwarten, kam er viel zu früh. Von seinem Anwalt war noch nichts zu sehen.

Auf das Urteil war er nicht sonderlich gespannt. Wenn der Scheidungsrichter keinen Blackout hatte, dürfte das Verhandlungsergebnis als andere als positiv ausgehen. Seine Marita schien sich vom ersten Tag ihrer Ehe an sämtliche Verfehlungen des ungeliebten Gatten akkurat notiert zu haben, sogar mit Datum und Uhrzeit.

Marita stand mit ihrem Anwalt plötzlich hinter ihm.

„Hallo Jakob, schöner Tag heute, nicht wahr? Leider wohl nicht für dich, dich wird man verdonnern! Ich freue mich jetzt schon auf dein Gesicht. Also, bis nachher."

Er tat seiner frisch Geschiedenen nicht den Gefallen, dass sie sich nach der Verhandlung an seinem Gesichtsausdruck hätte ergötzen können. Vom Gerichtsgebäude aus ging Jakob auf direktem Weg zu Hannes in die Kneipe und heulte sich bei ihm über das Urteil aus.

Dann lernte er seinen Scheidungsgrund kennen. Sie hieß Monika, war fünf Jahre jünger als Jakob und auffallend hübsch. Jakobowsky hatte an dem Tag geschäftlich in Hannover zu tun gehabt und bis zur Abfahrt seines Zuges noch reichlich Zeit. Er schlenderte durch ein großes Kaufhaus und in der Herrenabteilung sah er sie. Jakob war sofort Feuer und Flamme. Sporadisch entschied er sich zum Kauf eines Anzugs.

„Entschuldigung, ich suche einen grauen Anzug für mich. Können Sie mir helfen?"

„Sicher kann ich, kommen Sie bitte mit."

Sie zeigte ihm einiges in seiner Größe, aber Jakob hatte dafür keinen Blick. Er nahm seinen ganzen Mut zusammen.

„Ich hatte heute geschäftlich in Hannover zu tun und möchte abends nicht alleine sein. Ich würde Sie gerne zum Essen einladen, haben Sie Lust?"

Sie sah ihn überrascht an.

„Wir kennen uns doch gar nicht."

„Eben, in einem netten Restaurant lernt man sich kennen, dagegen können Sie nichts sagen. Ich möchte doch nur ein ‚Ja' von Ihnen hören, bitte."

Anstandshalber zögerte sie einen Moment. Sie drehte sich um, war verlegen und säuselte: „Ich weiß nicht. Gut, meinetwegen. So gegen acht?"
„Ja, gegen acht passt es prima."

Als Jakob mit seiner Plastiktüte auf der Straße stand, bekam er wegen Marita Gewissensbisse. Morgens am Telefon hatte er ihr noch versichert, dass er den Zug um fünf nehmen würde und spätestens gegen halb acht zuhause sei. Von der nächsten Telefonzelle aus rief er sie an.
„Hallo Marita, ich bin es. Du, mir ist geschäftlich etwas dazwischengekommen. Habe morgen früh hier in Hannover noch einen Termin, so ein Mist aber auch."
Sie ließ ihn erst gar nicht weiterreden.
„Mit anderen Worten, du tauchst heute also hier bei mir nicht auf. Dir ist geschäftlich etwas dazwischengekommen, wer's glaubt, wird selig! Mach dir einen netten Abend und verschlaf morgen früh nicht deinen Termin."
„Marita, ich kann doch nichts dafür, es passt mir auch nicht in den Kram! Sei doch nicht immer gleich so zickig. Morgen gegen elf fahre ich von hier direkt in die Firma und bin abends bei dir."
„Dann wünsche ich dir heute Nacht viel Spaß, mein lieber Jakob! Wenn ich herausbekomme, dass du mich betrügst, dann ist die Hölle los, du kennst mich!"
Ja, er kannte sie!

Jakob übernachtete immer öfter in Hannover. Seine Geliebte war seit drei Jahren geschieden. Nachdem ihr Ex ausgezogen war, hatte sie die Wohnung behalten. Unser Protagonist quartierte sich ganz in ihrer Nähe in einem kleinen Hotel ein, ohne aber das Zimmer zu benutzen. Den Aufwand betrieb er allein wegen der Firma, schließlich hatte er Spesenbelege einzureichen. Für den Hotelbesitzer war er ein gern gesehener Gast. Er reiste abends an, brachte den Koffer aufs Zimmer und verschwand. Sein Bett blieb unberührt und morgens holte er nur das Gepäck ab und bezahlte.

Das Frühstück bekam er von Monika serviert. Nach ihrer ersten gemeinsamen Nacht wusste sie, dass sie sich wieder verliebt hatte. Morgens beim Abschied weinte sie, und Jakob musste ihr versprechen, so oft wie möglich bei ihr zu sein.

„Wann kommst du wieder, Jakob? Bitte ganz schnell, ja? Ich will dich bei mir haben, ich liebe dich! Wenn ich daran denke, dass du heute Abend wieder neben deiner Marita liegst, könnte ich verrückt werden. Jakob, verlasse sie und komm zu mir!"

Er hatte ihr natürlich von seiner Ehe erzählt und Monika war nicht überrascht. Sie klammerte sich an den Strohhalm, dass er Marita ihretwegen verlassen würde.

„Ich komme so schnell wie möglich wieder zu dir. Ich rufe vorher an, nächste Woche könnte es klappen. Gib mir noch etwas Zeit wegen Marita, das geht nicht von heute auf morgen."

Die wurde wegen seiner außergewöhnlichen Aktivitäten im Raum Hannover misstrauisch. Auch in seiner Firma wunderte man sich, weshalb Jakobowsky dort so häufig Termine wahrnahm. Marita erklärte er das mit erheblich höherem Arbeitsaufwand durch mehr Kunden in dem Gebiet. Dem alten Mollenhauer machte er klar, dass die Konkurrenz dort außerordentlich aktiv sei (was der Wahrheit entsprach). Deswegen mussten die bestehenden Geschäftsverbindungen intensiv gepflegt werden, und das war nun mal seine Aufgabe als Verkaufsleiter. Maritas Misstrauen wurde deshalb nicht geringer. Mollenhauer leuchteten die Gründe ein und er gab Jakobowsky den Rat, dort unbedingt am Ball zu bleiben.

„Herr Jakobowsky, Sie haben meine vollste Unterstützung, gerade im Raum Hannover sitzen unsere umsatzstärksten Großkunden. Wenn sich die Konkurrenz jetzt auf die stürzt und mit Rabatten schleudert, dann gute Nacht! Sie sollten weniger wichtige Arbeiten hier im Haus an die Sachbearbeitung übergeben, damit Sie selbst vor Ort mehr Zeit haben. Man muss Prioritäten setzen, Hannover geht nun mal vor!"

Als Jakob aus Mollenhauers Büro kam, wäre er am liebsten an die Decke gesprungen. Vom Seniorchef hatte er soeben die Anweisung erhalten, so oft wie nötig zu Monika zu fahren.

Monika rief Jakob in der Firma an.
„Sag mal, bist du nächsten Donnerstag hier? Ich würde nämlich gerne mit dir in die Oper gehen, Zar und Zimmermann wird gegeben. Du weißt doch, dass ich meinen Ex zu so etwas nicht bewegen konnte. Wenn du es irgendwie einrichten kannst, dann würdest du mir damit eine große Freude machen."
„Donnerstag? Schade, aber das geht beim besten Willen nicht! Ich muss doch einmal im Jahr ...", fast hätte er sich versprochen, „einmal im Jahr veranstaltet ein Kunde hier in Hamburg eine Hausmesse, da werden alle Lieferanten erwartet. Bitte sei nicht traurig, wir gehen ein anderes Mal ins Theater, versprochen! Nur am nächsten Donnerstag, das geht auf keinen Fall!"

Donnerstag war nämlich der Tag, an dem Jakob wieder zum Rapport „nach oben" musste. Anna erwartete ihn ungeduldig.
„Du bist spät dran, Petrus hat schon nach dir gefragt. Ach, noch was, du hast mir früher doch mal so tolle Reizwäsche besorgt, weißt du noch? Könntest du mir wieder etwas mitbringen?"
„Anna, für dich würde ich alles tun, fast alles, nur bitte, keine Dessous mehr kaufen. Ich bin mir in dem Laden ziemlich blöde vorgekommen, mir ist die Sache heute noch peinlich."
„Schade, da kann man nichts machen. Aber geh jetzt erst mal zum Petrus rein."

Jakob hatte damals mehrere Anläufe genommen, den Laden dann aber doch nicht betreten. Irgendwie machte er sich in seinem Alter lächerlich, würde er einer Verkäuferin wortlos Annas Zettel hinhalten. Überdies war ihm die ganze Sache sowieso unangenehm. So beschaffte Jakob sich einschlägige Kataloge, die er ganz genau studierte. Letztlich übertrug er Annas Zettel auf ein Formular und schickte die Bestellung ab.

Wochenlang passierte nichts! Jakob wurde ungeduldig, stand doch der nächste Himmelsbesuch bald an. Also rief er beim Versandhaus an und nach etlichen Telefonaten wurde ihm mit Bedauern mitgeteilt, dass seine Bestellung unauffindbar sei. Die Zeit für eine Neubestellung reichte nicht mehr und so entschied Jakob sich dazu, notgedrungen den Laden mit den frivolen Sachen aufzusuchen.

Nachdem er vor dem Geschäft auf und ab gegangen war und sich versichert hatte, dass ihn wirklich niemand beobachtete, nahm er seinen Mut zusammen und trat ein. Jakob war erleichtert, als er nur eine Verkäuferin ausmachte. Noch besser war, dass sie ihn zufrieden und allein in Ruhe umsehen ließ. Meine Güte, was da so alles in den Regalen lag! Dinge, von denen Jakob noch nicht einmal wusste, wozu man sie brauchen konnte. Er konzentrierte sich dann lieber auf das, was er kannte. Jakob durchstöberte Pornohefte.

Für die junge Dame in dem Laden war es nichts Außergewöhnliches, als sie unseren Protagonisten vor einem Stapel einschlägiger Literatur entdeckte. Jakob erschrak, als sie ihn ansprach und sich nach seinen Wünschen erkundigte. Er errötete und hielt ihr Annas Zettel hin. Sie warf einen kurzen Blick auf die Bestellung.

„Dann sind Sie hier bei der Art von Literatur bestimmt nicht richtig. Kommen Sie mit, ich zeige Ihnen ein paar ausgefallene Sachen, da wird ihre Freundin Augen machen! Ist doch für Ihre Freundin, oder?"

„Nein, nicht wie Sie denken. Also, es ist …"

„Es geht mich doch auch nichts an. Hauptsache Sie und wer weiß nicht wer haben Spaß."

Sie wollte ihm alles, was Anna aufgeschrieben hatte, zeigen. Aber Jakob zierte sich.

„Nein, machen Sie das besser alleine, Sie haben da mehr Erfahrung. Ich soll ja alles nur einer guten Bekannten mitbringen. Ich vertraue ganz auf Ihren Geschmack."

„Wenn Sie Ihrer Freundin und sich selbst vielleicht noch eine Freude machen wollen, dann sollten Sie sich in der Zwischenzeit unser Angebot Stimmungsmacher ansehen. Was nutzt die schärfste Reizwäsche, wenn sich bestimmte Regungen nicht mehr bemerkbar machen."

Jakob schüttelte verlegen den Kopf, er wollte hier so schnell wie möglich raus.

„Nein, bitte nur die Sachen einpacken, ich habe es eilig."

„Verstehe, bei dem, was es hier zu sehen gibt!"

Sie legte alles fein säuberlich zusammen und übergab ihm seinen Einkauf in einer Plastiktüte.

„Dann wünsche ich Ihnen mit Ihrer guten Bekannten viel Spaß."

Jakob schlug den Mantelkragen hoch und verließ fluchtartig den Laden.

„Pünktlichkeit gehört wohl nicht zu deiner Stärke? Halte dich in Zukunft bitte an die ausgemachte Zeit, ich kann schließlich nicht den halben Vormittag auf dich warten. Nun sag schon, wie läuft es unten und was gibt es Neues?"

Jakob erzählte alles aus dem abgelaufenen Jahr und in jedem zweiten Satz erwähnte er sein Verhältnis zu Monika.

„Nun Jakob, was am Ende dabei rausgekommen ist, das weißt du ja. Scheidung, Kosten und viel Ärger. Dem Allmächtigen gefällt die Sache überhaupt nicht, natürlich hat er davon Wind bekommen. Er steht fest zu seinen Geboten und dazu, dass bitte schön in der Ehe nicht fremdgegangen wird. Er will dich nachher sowieso noch sprechen. Nun aber mal unter uns, erzähl mir von deiner Monika."

„Sie ist ein ganz liebes Mädel, hübsch und auch sonst große Klasse! Sie würde dir gefallen."

„Ich beneide dich, aber bloß kein Wort darüber zum Allmächtigen. Bei ihm komme ich nämlich wegen Anna nicht weiter, er ist stur wie ein Panzer. Anna und ich, wir treffen uns immer heimlich. Ich weiß nicht, wie lange sie das noch mitmacht."

Ein mulmiges Gefühl in der Magengegend hielt ihn davon ab, das niedliche Hinterteil des vor ihm hertrabenden Vorzimmerengels zu bewundern. Meine Güte, was liefen hier doch für paradiesisch schnuckelige Weibsbilder herum! Vermutlich würde der Allmächtige ihn, wegen der Sache mit Monika, zur Sau machen. Jakob setzte seine Unschuldsmiene auf und grinste den Herrgott an.

„Wundert mich, dass du noch lachen kannst. Was sind das nur für Geschichten, die mir zu Ohren gekommen sind? Jakob, du hast eine prächtige Frau geheiratet, aber das reicht dir natürlich nicht! Du musst dir unbedingt noch eine Geliebte zulegen, das scheint auf der Erde immer mehr in Mode zu kommen. Zuhause das treue Weib, das kocht, putzt und sich um deine dreckige Wäsche kümmert. Du hast deine Ordnung, zudem ist es schön bequem und billig. Die Freuden des Lebens aber verbringst du mit einer Geliebten, schäme dich, Jakob! Kennst du eigentlich meine Gebote?"

„Sicher Allmächtiger, ich habe sogar versucht, mich daran zu halten, meistens. War nicht immer ganz einfach, das kannst du mir glauben. Wobei, zehn Stück sind auch 'ne Menge Holz, fünf oder sechs Gebote hätten gereicht. Aber in meinem Fall, das mit Monika meine ich, da muss ich dir ausnahmsweise widersprechen. Die gebe ich nicht auf, bei ihr fühle ich mich wohl und bin endlich wieder ein richtiger Mann geworden."

„Natürlich kann ich dich nicht zwingen, bist ja noch alt genug! Apropos Alter, wie wird dein ungewöhnlicher Lebensgang von deinen Mitmenschen gesehen? Petrus hat schließlich alles geregelt, man weiß aber nie, ob nicht doch jemand stutzig wird. Und wie empfindest du das? Erzähl doch mal, Jakob."

„Wie soll ich das beschreiben? Hin und wieder sehen mich Bekannte eigenartig an und schütteln ungläubig mit dem Kopf. Sogar der Paul Klein hat mich neulich gefragt, ob irgendetwas mit mir nicht stimmt. Die Kneipenbesuche haben bei ihm Spuren hinterlassen, außerdem geht er jetzt am Stock. Ich dagegen werde mit jedem Tag frischer. Mir kommt es vor, als würden alle ihre Fragen sofort wieder vergessen und sich ihre Zweifel in Luft auflösen, Petrus hat das dufte vorbereitet. Neulich treffe ich doch tatsächlich die Rottwald, du weißt schon, meine ehemalige Pflegerin aus dem Heim. Das arme Würstchen sitzt jetzt im Rollstuhl und wird von ihrem Mann durch die Gegend gekarrt. Ich also zu ihr hin und begrüße sie. Sie guckt mich leicht verwirrt an und kann mit mir natürlich nichts anfangen. Als ich meinen Namen nenne, dämmerte es bei ihr.

,Jakob Jakobowsky? Doch nicht etwa der verrückte Jakobowsky von früher aus dem Heim? Nein, das glaube ich nicht, junger Mann, sie wollen mich veräppeln. Der olle Jakobowsky, den man am Ende wegen seiner Kapriolen aus dem Heim geschmissen hat, das wollen Sie sein? Sind Sie lieber froh, dass Sie es nicht sind, und lassen mich zufrieden. Ich weiß nicht, was Sie von mir wollen. Der alte Jakobowsky muss schon längst unter der Erde liegen und vergammelt sein. Komm Herbert, schieb mich weiter, der Herr ist betrunken. Obwohl, der verrückte Jakobowsky hat auch ganz gerne einen gekippt und eine gewisse Ähnlichkeit ist nicht zu leugnen, komisch! Herbert, nun schieb mich endlich, um zehn müssen wir beim Doktor sein.'

Wie mit der Rottwald, so ist das meistens. Stutzig werden die Leute, aber dabei bleibt es und alles scheint ganz schnell wieder vergessen zu sein. Wie ich das empfinde, hast du mich gefragt? Affengeil, kann ich da nur sagen, richtig affengeil!"

„Jakob, lass bitte in meiner Gegenwart deine unflätigen Ausdrücke! Damit kannst du vielleicht den guten Petrus beeindrucken, ich möchte so etwas aber nicht mehr hören!"

„Entschuldige bitte, es ist mir so rausgerutscht. Mit jedem Tag etwas jünger zu werden, das ist ein tolles Gefühl. Ich kenne den umgekehrten Ablauf noch von der Hinrunde, und das war nicht lustig! Erst wurden die Augen schwächer und gleichzeitig verabschiedete sich meine Männlichkeit. Dann ging's beständig weiter bergab. Kleine Zipperlein im Rücken und Gelenkkreißen, es stellten sich immer öfter richtige Krankheiten ein, schleichendes Siechtum folgte. Morgens aufwachen, das war wie ein Lotteriespiel. Es war alles nicht erfreulich, das darfst du mir glauben. Anders herum ist die Sache natürlich viel angenehmer. Vorige Woche erst habe ich meine Lesebrille in den Müll geworfen und bald fliegt auch mein Gebiss hinterher. Die von der Krankenkasse grüßen mich jetzt wieder ganz freundlich! Neulich morgens weckte mich doch tatsächlich eine stramme Wasserlatte. Na, ich habe vielleicht gejubelt, kannst du dir das vorstellen?"

„Eine Wasserlatte, was soll das denn sein?"

„Ist wohl besser, wenn ich dir das nicht erkläre, sonst meckerst du doch bloß wieder mit mir. Nein, wie es jetzt ist, damit bin ich eigentlich zufrieden. Etwas stört mich an der ganzen Sache. Weil ich nämlich genau weiß, wann es mit mir zu Ende geht. An jedem Geburtstag werde ich daran erinnert, in wie viel Jahren ich den Löffel abgeben muss. Neulich habe ich sogar schon mal meine Tage gezählt."

„Darüber habe ich auch mit Petrus gesprochen. Nun überlege mal, du wirst in deinem letzten Lebensjahr ein Säugling sein und nichts begreifen. Danach kommst du bei uns an und findest hier endlich deine Ruhe, noch einmal schicken wir dich bestimmt nicht zurück. Aber jetzt mal was anderes, du warst doch vorhin bei Petrus. Hat er irgendetwas wegen Anna zu dir gesagt? Er kommt mir in letzter Zeit ziemlich verschnupft vor, so war er früher nie. Er möchte mit Anna zusammen sein und liegt mir mit dem Thema ständig in den Ohren. Bis jetzt konnte ich es ihm immer ausreden, aber langsam glaube ich, dass er mir deswegen böse ist. Ich verstehe es nicht, Petrus hat sich doch früher nie etwas aus Frauen gemacht."

„Ja, er ist ganz schön sauer. Wenn er mit der Anna zusammenleben dürfte, dann würde sein größter Wunsch in Erfüllung gehen. Denk auch mal daran, dass sich nicht alles durch die Rippen schwitzen lässt."

„Solches Schmuddelgeschwätz dulde ich nicht, merke dir das! Wenn du mir damit sagen willst, dass Petrus eine Frau braucht, die nett zu ihm ist, dann verstehe ich das auch! Langsam habe ich das Gefühl, dass unser guter Petrus verlottert. Du hättest ihn die letzte Zeit mal sehen sollen, er kam mit einem völlig vergammelten Kittel ins Büro und hatte ungeputzte Schuhe. Es wäre wahrscheinlich wirklich nicht verkehrt, wenn er mit Anna zusammenwohnen würde, sie ließe ihn bestimmt nicht verlottern."

„Das wäre toll, Anna könnte sich sonst vielleicht einen anderen Partner suchen. Du weißt doch, wie sie es damals in Petersburg getrieben hat.

Ein Kind von Traurigkeit ist sie ganz sicher nicht. Petrus würde noch ungenießbarer werden und das himmlische Personal hier in den Büros hätte bestimmt nichts mehr zu lachen."

„Wenn das so ist, dann werde ich beiden meinen Segen geben. Ich kann den Petrus zwar nicht verstehen, aber gut! Bin nur froh, dass ich nicht solche Anwandlungen habe und nach einer Göttin für mich Ausschau halte. Bitte nachher kein Sterbenswort zu Petrus. Kann ich mich darauf verlassen?"

„Du hast das Wort von einem Ehrenmann, ich kann schweigen wie ein Grab."

Als Jakob sich vom Allmächtigen verabschiedet hatte, ging er schnurstracks zu Petrus ins Büro. Er ignorierte den Protest einer himmlischen Vorzimmerdame, er könne doch nicht unangemeldet bei Petrus im Amtszimmer auftauchen, schließlich würde der gerade die wöchentliche Eingangsliste überarbeiten. Aber da stand Jakob schon vor seinem Schreibtisch.

„Ich hab 'ne tolle Nachricht für dich, halt dich fest. Du darfst dir aber auf keinen Fall dem Herrgott gegenüber etwas anmerken lassen, das musst du mir versprechen. Was glaubst du wohl, was ich dem Alten eben verklickert habe?"

„Ich weiß nicht, vielleicht dass er dich nicht wieder nach unten schickt? Du könntest gleich bei mir im Büro anfangen."

„Nein, nachher verdrücke ich mich wieder auf die Erde. Viel besser, die Sache mit dir und deiner Anna geht klar, der Allmächtige will euch seinen Segen geben! Ich habe ihm direkt ins Gesicht gesagt, dass du dir nicht alles aus den Rippen schwitzen kannst. Nimm's mir nicht übel, aber du bist in Anbetracht der dir verordneten Askese ein richtiger Stinkstiefel geworden. Ich könnte auch nicht dauernd ohne eine Frau sein, ich würde ausrasten!"

„Wie hast du das nur gemacht? Ich quatsche mir seit Ewigkeiten Fusseln ans Maul und komme nicht von der Stelle. Und du redest mit ihm ein paar Sätze und mein Problem hat sich erledigt. Du hast bei mir einen Stein im Brett."

„Nun ruf schon endlich die Anna an und erzähle ihr die Neuigkeit."
„Ich muss sie doch erst fragen, ob sie will."
„Wieso das denn? Ich denke, zwischen euch ist alles klar."
„Ist es auch. Nur, heutzutage kommen die Frauen schon voll emanzipiert bei uns an und wollen partout nicht, dass man über ihren Kopf entscheidet."

Hintergründig betrachtete Bewandtnis von rechten und linken Türen

Wenige Tage nach seinem 42. Geburtstag wurde Jakob Jakobowsky aus der Haft entlassen. Er steuerte sofort die nächste Würstchenbude an und bestellte sich eine Portion Schaschlik mit Pommes und Krautsalat, darauf verspürte er Heißhunger. Wie oft hatte er in seiner Zelle von diesem Moment geträumt. Er stopfte das Essen hastig in den Mund, bestellte sich eine zweite Portion und bekam heftigstes Magendrücken.

„Wohl lange nichts Anständiges mehr auf die Rippen gekriegt, was? Meinetwegen kannst du dir noch ordentlich was reinschieben, ich habe genug von dem Zeug."

Der Pommesbudenbesitzer schnäuzte sich laut und kräftig. Mit seinen ungewaschenen Pfoten angelte er aus einer Plastiktüte neue Schaschlikspieße und kratzte sich sodann genüsslich seine fettigen Kopfhaare.

„Was ist nun, noch 'ne Portion?"

„Lass stecken, mir ist schon schlecht. Gib mir lieber 'ne Pulle Bier."

Jakob war nach sieben Jahren vorzeitig aus der Haft entlassen worden. Nicht wegen guter Führung, sondern durch einen glücklichen Zufall. Aber der Reihe nach ... Man hatte ihn wegen sexueller Handlung und Mord an der zwölfjährigen Petra Cloppenburg verurteilt. Mitten in der Nacht waren sie gekommen und nahmen ihn in seiner Wohnung fest. Auf dem Revier wurde er abwechselnd von zwei Kripoleuten verhört. Jakobowsky hatte für die Tatzeit kein Alibi, außerdem fand man belastendes Material in seinem Wagen. Jakob kannte die Petra Cloppenburg aus dem

Nachbarhaus, er hatte sie manchmal auf der Fahrt zur Arbeit mitgenommen und vor der Schule abgesetzt. So auch an dem Tag, an dem Petra auf grausame Weise ums Leben kam. Dass sie an dem Morgen zu ihm ins Auto gestiegen war, dafür gab es Zeugen. Nicht aber dafür, dass er Petra vor der Schule aussteigen ließ. Belastend kam hinzu, dass Jakob danach in der Hamburger Innenstadt private Dinge erledigte, ohne Zeugen benennen zu können. Deshalb tauchte er an dem Tag auch später als sonst an seinem Arbeitsplatz auf. Zu allem Überfluss fand die Kripo in seinem Wagen einen von Petras Ohrringen. Der musste ihr wohl ein paar Tage vorher abhandengekommen sein, denn Petra hatte Jakob danach gefragt, ob er ihn vielleicht gefunden habe.

Das gesammelte Beweismaterial war erdrückend und Jakob wurde sogar von seinem Anwalt nahegelegt ein Geständnis abzulegen, weil sich das positiv auf sein Strafmaß auswirken könnte. Jakobowsky beteuerte bis zuletzt seine Unschuld und das brachte ihm den Unmut des hohen Gerichts ein.

„Sie wollten sich sexuell an dem Mädchen vergehen, und als diese sich mit aller Kraft wehrte, da haben Sie die Petra Cloppenburg aus Angst vor Entdeckung und in Panik umgebracht. Danach fuhren Sie Richtung Bergedorf und legten das Opfer in einem Waldstück ab, das sind die Fakten! Erschwerend kommt hinzu, dass Sie für die Tatzeit kein Alibi haben, und natürlich der Tatbestand, dass man einen Ohrring der Toten in Ihrem Wagen fand. Auch dafür konnten Sie dem Gericht keine plausible Erklärung geben. Trotz der erdrückenden Beweise haben Sie bis zuletzt hartnäckig, aber ohne zu überzeugen, geleugnet. Somit ist das hohe Gericht zu einem Urteilsspruch gekommen. Lebenslang für Jakob Jakobowsky!"

In seiner Zelle überlegte Jakob. Sollte er seine Strafe wirklich bis zum Lebensende verbüßen müssen, dann würde man ihn als Teenager erst einmal in die Jugendvollzugsanstalt überweisen. Spätestens zwei Jahre darauf müsste er entlassen werden. Diesen Werdegang konnte er sich schließlich genau ausrechnen. Denn für ihn war es beim besten Willen nicht vorstellbar, dass man Kleinkind Jakob hinter Gitterstäben bewachen wolle. Die Justizvollzugsbeamten würden bei Jakobs Wunsch, anstelle mit anderen Inhaftierten am täglichen Rundgang im Hof teilzunehmen, lieber den selbst gebauten Drachen steigen zu lassen, verwundert gucken. Auch wäre es im Knast nahezu undenkbar, käme allabendlich vorm Einschlafen ein Aufseher mit einem großen Märchenbuch unter dem Arm zu ihm in die Zelle, um dem Jakob Gutenachtgeschichten vorzulesen. Wie würde man sich verhalten, bestände Klein Jakob auf einem Potpourri der gängigsten Einschlaflieder? Man könnte ihm ersatzweise einen Recorder anschließen, damit er Märchenkassetten hören konnte, während er auf dem Boden mit seinem Brummkreisel spielen würde. Tagsüber könnte sich Jakob in den Gemeinschaftsräumen, schließlich durfte man ihn in dem Alter nicht mehr in der Gefängniswäscherei beschäftigen, mit Legosteinen die Zeit vertreiben. Das wäre zur Not vielleicht alles noch machbar. Aber Jakob musste daran denken, wie es wäre, würde man ihn dennoch bis zu seinem Ende behalten und er ins Säuglingsalter käme. Von den Aufsehern wäre sicher keiner bereit, ihm sein Fläschchen zu geben. Danach wegen dem notwendigen Bäuerchen noch den Rücken zu klopfen, um ihm letztendlich seinen Nuckel in den Mund zu stecken. Auch müsste man ihm mehrmals am Tag seine verschissenen Windeln wechseln und den wunden Hintern pudern. Angesichts solcher Instruktionen würde doch jeder dazu verdonnerte Aufseher die Brocken hinwerfen und zur Gewerkschaft rennen. Außerdem schien es fraglich, ob irgendwo überhaupt ein Etat verwaltet wurde, aus dem anfallende Kosten für Windeln, Puder und Creme beglichen werden konnten. Sein ständiges Geplärre zu nachtschlafender Zeit würde den Mithäftlingen auf die Nerven gehen. Dafür käme täglich eine Amme und müsste dem kleinen Jakob die Brust geben. Das wiederum sollte die Mithäftlinge für den entgangenen Schlaf entschädigen, da es bei der Aktion etwas zu sehen gab!

Nein, so weit würde es bestimmt nicht kommen. Es war aber auch kein Trost für ihn, darauf zu spekulieren, als Teenager wegen erreichter Altersgrenze aus dem Knast geworfen zu werden.

Nach sieben tristen Gefängnisjahren erhielt Jakobowsky unerwartet Hilfe durch Kommissar Zufall. In Hamburg-Bergedorf wurde ein 13-jähriges Mädchen vergewaltigt und danach getötet. Zwei Jugendliche beobachteten einen Mann, wie dieser etwas aus dem Kofferraum eines Volvos zerrte und in einem Waldstück hinter Gebüsch verscharrte. Die Zeugen schrieben sich das Kennzeichen des Wagens auf und meldeten den Vorfall der Polizei. Der 37-jährige Gebrauchtwagenhändler Janosch Prytozynsky aus Wilhelmsburg wurde daraufhin verhaftet und bei Durchsuchung seiner Wohnung fand man neben anderen Beweisstücken einen Ohrring. Als man Prytozynsky damit konfrontierte, gab der Festgenommene auch sofort den Mord an der kleinen Petra Cloppenburg zu. Trotz eindeutiger Beweislage recherchierte die Kripo in diesem Fall weiter. Der sofortigen Entlassung des inhaftierten Jakob Jakobowsky und seiner Rehabilitation stand aber nun nichts mehr im Wege.

Später, das blieb nur ein kleiner Trost und brachte ihm die geklauten sieben Jahre nicht wieder zurück, wurde dem Jakob eine Haftentschädigung zugestanden. Kein großer Betrag, beinahe ein Witz. Aber für das, was er im Gefängnis ertragen musste, gab's ohnehin keine Wiedergutmachung!

Die ersten Jahre teilte sich Jakob die Zelle mit Karlchen Küster. Karlchen war Ende dreißig, klein und schmalbrüstig, ein äußerst angenehmer Mensch. Beide versuchten, sich gegenseitig das Leben so angenehm wie möglich zu gestalten. Man respektierte sich und nahm Rücksicht aufeinander, soweit das auf zwölf Quadratmetern möglich war.

Karlchen hatte fast die Hälfte seines Lebens in Haftanstalten verbracht. Gitterstäbe anstelle von Gardinen vor dem Fenster zu haben und von Mauern umgeben zu sein, war für ihn normal. Als Jugendlicher startete er seine „Karriere" mit Handtaschenraub und Ladendiebstahl. Mit solchem Kleinkram gab er sich nicht lange ab und folgerecht wurden die „großen Dinger" geplant und ausgeführt. Aktuell saß Karlchen deshalb ein, weil er nach einem Raubüberfall auf einen Juwelier eine Geisel genommen und mit dem Messer an der Kehle bedroht hatte. Würde man ihn in einigen

Jahren aus dem Gefängnis entlassen, dann müsste schon ein Wunder geschehen, wenn man ihn nicht sofort wieder wegen einer anderen Strafsache festnahm. Seine persönliche Problematik bestand darin, dass man Karlchen nach jedem krummen Ding immer gleich wieder erwischte.

Ja, Karlchen war ein angenehmer Mensch. Er hatte nur den falschen „Beruf"!

„Es wäre besser, wenn du dich nach deiner Entlassung nach richtiger Arbeit umsiehst. Mensch Karlchen, du kannst doch nicht dein ganzes Leben im Gefängnis verbringen."

„Jakob, hör auf zu spinnen! Erzähl du mir mal, was ich sonst machen sollte. Ein geregeltes Leben mit Arbeit und Familie kannst du bei mir abhaken. Ich könnte mir das auch überhaupt nicht vorstellen. Bei dir sieht das anders aus, du hast einen richtigen Beruf gehabt, bei dir ist doch immer alles ordentlich abgelaufen. Für dich muss das hier die Hölle sein, du hast vorher nie gesessen. Das ist mit meinem Lebenslauf nicht zu vergleichen, ich wundere mich nur, dass ich nicht schon im Knast geboren wurde. Als meine Kumpels irgendwann die Kurve kriegten, ihre Lehre antraten und richtig bürgerlich wurden, da hätte ich mich dranhängen sollen. Aber nein, Karlchen Küster musste natürlich weiter krumme Dinger drehen. Mein Alter hat sich nie um mich gekümmert, dem war scheißegal, was aus mir wurde. Wenn die Bullen bei uns auftauchten, um mich festzunehmen, dann hat er gar nicht erst gefragt, was Sache ist. Nein, sofort kommentarlos aufs Maul gehauen, das war seine Sprache. Das verstand mein Alter unter Erziehung! Von meiner Mutter war außer den paar Scheinen, die sie mir manchmal wegen ihres schlechten Gewissens zusteckte, auch nichts zu erwarten gewesen. Meine Mutter ging im Bahnhofsviertel anschaffen. Ließ sie sich wirklich mal zuhause blicken, dann war sie entweder besoffen oder mit Drogen vollgepumpt. Die seltenen Momente, in denen sie nüchtern war und normal denken konnte, verstand sie sich selbst und ihr hausgemachtes Dilemma auch nicht. Dann wurde sie vom heulenden Elend gepackt und sie flennte so lange Rotz und Wasser, bis sie von ihrem

Zuhälter aus der Bude geholt und auf die Straße gejagt wurde. Mein Alter soll wohl seit einem Jahr nur noch vor sich hindämmern. Ihm hat einer was von hinten über die Rübe gezogen, aber so genau weiß ich das auch nicht. Ist mir auch egal! Meine beschissene Situation schiebe ich aber nicht auf meine Alten, auch unter normalen Umständen wäre aus mir nichts geworden. Weißt du, Jakob, wenn einer wie ich zu nichts taugt, dann ist Hopfen und Malz verloren. Das ist Vorbestimmung, da kannst du mir erzählen, was du willst! Bevor du auf die Welt geschickt wirst, da ist dann noch jemand, der etwas zu sagen hat. Der entscheidet, durch welche der beiden Türen er dich ins Leben entlässt. Ist er zum Beispiel der Meinung, du sollst durch die rechte Tür abgehen, dann hast du dein ganzes Leben lang nichts zu befürchten. Wurdest sozusagen mit goldenen Schuhen an den Füßen geboren, kannst tun und machen, was du willst, bei dir geht einfach nichts schief. Und bei mir hat dieser Oberhirte eben entschieden, mich durch die linke Tür zu entlassen. Nichts mit goldenen Schuhen, dafür ließ man mich von Anfang an am Gestank der Hoffnungslosigkeit schnuppern. Nee Jakob, ich durfte für meine Fehler, die ich in dem verkorksten Leben gemacht habe, immer gleich sofort bezahlen. Nur ein paar Kleinigkeiten konnte man mir nicht nachweisen, aber das kam selten genug vor. Eigentlich sollte ich meinen inneren Frieden gefunden haben, weil ich niemanden etwas schulde. Nur, wenn ich wieder draußen bin, dann geht der Schlamassel von vorne los und dein Karlchen Küster wird spätestens nach einem halben Jahr erneut eingebuchtet. Halt mir schon mal den Platz warm, ich möchte dann wieder zu dir in die Zelle. Du bist wenigstens kein Typ, vor dem man Angst haben muss, wenn man sich abends in die Falle legt und einpennt. Von dir habe ich nichts zu befürchten, du bist in Ordnung! Auch wenn du die Kleine befummelt und nachher beseitigt hast, mich stört das nicht!"

„Karlchen, hör bitte auf damit! Ich hab's dir schon so oft gesagt, ich war das wirklich nicht! Das Mädchen habe ich vor der Schule abgesetzt und danach nicht mehr gesehen. Das ist ja so furchtbar, ich sitze unschuldig!"

„Das erzählen hier doch alle, du musst mir nichts vormachen, ich bin doch dein Freund. Außerdem ist es mir egal, ob du es warst oder nicht. Dass man dich deswegen gleich lebenslang brummen lässt, das finde ich happig. Hätte sonst vorgeschlagen, uns draußen mal zu treffen und gemeinsam was zu machen."

Knisternde Spannung lag an dem Vormittag in der Luft. In der Gefängniswäscherei warteten alle nur auf den großen Knall. Augenblicklich musste etwas passieren, das schien unabwendbar. Wegen Lappalien brüllten sich die Häftlinge an. Grabowsky schmiss nach verbaler Attacke von Karl Hacke, Spitzname kurz und prägnant ‚Kacke', einen vollen Wäschekorb auf den Boden. Er versuchte, sich an den Aufsehern vorbei aus dem Arbeitsraum zu drängeln. Erst schlagkräftige Argumente mit Gummiknüppeln ließen ihn zur Besinnung kommen. Jakobowsky zitterte in Anbetracht der explosiven Lage am ganzen Körper.
„Du bist blass um die Nase, geht's dir nicht gut?"
„Lass mal, Karlchen, alles okay. Ich kann nur die Streitigkeiten nicht ab."
Jakob verabscheute Gewalt und er hatte das dumme Gefühl, diese Gereiztheit könne etwas mit seiner Person zu tun haben. Die Situation erinnerte ihn an eine Herde nervöser Wildtiere, die beieinanderstand und Gefahr witterte, aber nicht wusste, von wo sie zu erwarten war und wann zugeschlagen wurde.

Hotte Lehmann tuschelte mit seinen Vasallen. Es dauerte eine Weile, bis einer der Wachposten sich entschloss, den Trupp aufzulösen, um ihn zur Arbeit anzutreiben. Jakob bekam mit, wie Lehmann sich aus der Gruppe löste, breitbeinig vor dem Aufseher aufbaute und ihn ungeniert angrinste. Mit einer lässigen Handbewegung deutete er ihm an, unverzüglich abzuhauen. Das Thema war erledigt, die Mitläufer quatschten ungeniert mit ihrem Rottenführer weiter. Urviech Lehmann hatte im Bau solch eine immense Macht erlangt, dass er offensichtlich in der Hierarchie gleich hinter der des Gefängnisdirektors kam.

Bei der Essenausgabe passierte es, Lehmann schlug Jakobowsky brutal von hinten mit der Faust nieder und Jakob knallte wie vom Blitz getroffen zu Boden. Außer Lehmanns Leuten schien niemand den Vorfall bemerkt zu haben. Jakob blieb eine Weile liegen, dann rappelte er sich hoch und wankte benommen in die Kantine. Er blutete am Hinterkopf, Jakob nahm sein Taschentuch und hielt es auf die Wunde. Bei den Aufsehern brauchte er sich gar nicht erst über die hinterhältige Attacke beschweren, sie würden sein Lamento ohnehin nicht zur Kenntnis nehmen. Er ging zu dem Tisch, an dem der Lehmannsche Trupp schmatzend den Mittagsfraß verschlang.

„Du bist doch so ein dreckiges Arschloch, du schlägst mich nieder, und das auch noch von hinten! Was hast du eigentlich gegen mich? Mensch Lehmann, was bist du bloß für eine feige Sau! Noch so ein Ding und ich gehe zum Direktor, darauf kannst du dich verlassen."

Lehmann legte bedächtig das Besteck zur Seite und räkelte sich lässig auf seinem Stuhl. Er war in der Position kaum kleiner als unser Protagonist, der aufrecht und rasend vor Wut neben ihm stand. Jakob würde im Leben nie eine Chance gegen das Ungeheuer haben und das wusste er.

„Verstehe ich dich richtig, Zwergnase, du willst also unseren Herrn Direktor aufsuchen und dich über mich beschweren? Leute", er spielte den Kleinlauten und sah dabei seine ihm ergebenen Arschkriecher an, „Leute, helft mir bitte, ich scheiße mir vor Angst in die Hose. Seht ihr denn nicht, wie ich vor dem Herrn Jakobowsky zittere?"

Brüllendes Gejohle seiner Sympathisanten bewies Lehmann, dass er genau die richtigen Worte gefunden hatte, um so einem wie dem Jakob den Wind aus den Segeln zu nehmen.

„Hör genau zu, perverse Missgeburt, ich mag aufs Verrecken keine Leute, die sich an jungen Dingern vergreifen, erst ficken und danach umbringen. Ich hab nämlich selbst so 'ne Göre. Und wenn ich mir vorstelle, dass meine Kleine von solch abartiger Drecksau wie du eine bist angefasst würde, dann läuft es mir eiskalt über den Rücken und ich muss kotzen. Schreib dir das hinter die Löffel, verdammter Kinderficker, und ihr hier am Tisch seid meine Zeugen. Sollte mir dieser Jakobowsky jemals über den Weg laufen, egal wann und wo, dann haue ich ihm gnadenlos eins über die Rübe und mache ihn fertig! Er sollte mir am besten erst gar nicht in die Quere kommen, und wenn doch, wird es für ihn gesünder sein, sich ganz schnell zu verpissen! Ihr habt alle gehört, das Schwein hier neben mir wurde gewarnt, richtig? Jakobowsky, du hast es auch gehört und hoffentlich verstanden. Und nun mach 'ne Fliege, du verdirbst mir den Appetit. Hau endlich ab und heul dich bei deinem Herrn Direktor aus."

Lehmanns Arschkriecher grinsten ihr Oberhaupt voller Bewunderung an und feixten gleichzeitig über den erstaunlich mutigen Jakob. Im Dunstkreis ihres Herdenführers genossen sie dessen nicht zu unterschätzende Macht. Jakob holte sich sein Essen und setzte sich zu Karlchen Küster mit an den Tisch. Sein Kopf tat noch weh.

„Was war das denn eben mit Lehmann? Hast du Stress mit dem Arschloch?"

„Das Schwein hat mir vorhin von hinten eins über die Birne gezogen, einfach nur so. Guck mal nach, ob es noch blutet."

„Nee Jakob, kannst das Taschentuch einstecken, ist schon verkrustet. Hat denn keiner was gesehen?"

„Du kennst unsere korrupten Arschlöcher von Wächtern, die stecken entweder mit dem unter einer Decke oder haben selber Schiss vor ihm. Lehmann will mich niedermachen, gegen das Ungeheuer habe ich überhaupt keine Chance."

„Du machst dich die nächste Zeit eben etwas dünne, musst dem Arsch ja nicht unbedingt über den Weg laufen. Der beruhigt sich schon wieder, was hat er eigentlich gegen dich?"

„Kinderschänder kann er nicht ab, ich aber auch nicht! Dass ich nichts damit zu tun habe und unschuldig eingebuchtet wurde, das brauche ich dem hirnlosen Idioten erst gar nicht versuchen zu erklären."

„Lass das mal auch lieber bleiben, das glaubt dir hier sowieso keiner, außerdem machst du den damit nur noch wütender. Dann werde ich wohl in Zukunft etwas mehr auf dich aufpassen müssen."

Jakobowsky fand es rührend von seinem Freund, dass der ihn beschützen wollte. Dieses schmächtige Kerlchen wollte auf ihn aufpassen und im Notfall helfen! Gegen Lehmann brauchten sich fünf von seiner Sorte keine Hoffnung machen.

„Ja Karlchen, pass ein bisschen auf mich auf. Da fühle ich mich sicherer, man weiß ja nie!"

Als Jakob morgens aufwachte, blieb er entgegen sonstiger Gewohnheit noch einen Moment auf der Pritsche liegen. Er rieb sich die vom Schlaf verklebten Augen. Jakob döste noch einige Minuten, bevor er aufstand. Vorm Bett lag eine Stange Camel neben seinen Schuhen. Jakob wurde schlagartig munter. Natürlich, heute hatte er Geburtstag und er war wieder ein ganzes Jahr jünger geworden.

„Glückwunsch zum Geburtstag und Hoffnung auf Einsicht unserer ehrwürdigen Justiz, dass man dich endlich begnadigt."

„Danke Karlchen, aber darauf brauche ich wohl kaum noch zu hoffen. Sag mal, sind die Kippen etwa von dir?"

„Alter, von deinem Freund Lehmann bestimmt nicht und unsere Bodyguards verteilen keine Geschenke. Klar sind die von mir, ich habe sie eingetauscht. Du kannst mir zur Feier des Tages ruhig mal eine anbieten."

„Finde ich ja stark, dass du daran gedacht hast. Ich hätte den Tag heute beinahe selbst vergessen. Mensch, wieder ein Jahr rum. Wo hast du bloß die Kippen aufgetrieben, die kosten doch hier in dem Scheißladen ein Vermögen."

„Sag ich nicht, zieh sie dir rein und quetsch mich nicht weiter aus."

Am Abend blieben beide in ihrer Zelle. Jakob hatte vormittags zwei Flaschen Wodka organisiert und sie sicherheitshalber hinter der Toilettenspülung deponiert. Im Knast war alles und jeder käuflich, man musste nur die richtigen Beziehungen und ausreichend finanzielle Mittel haben, dann gab es keine Versorgungsprobleme.

„Gehst jetzt stark auf Mitte fünfzig zu, richtig?"

„Nee Karlchen, fünfundvierzig bin ich heute geworden."

Küster stutzte, da stimmte etwas nicht! Wahrscheinlich zeigte der Wodka schon Wirkung bei seinem Kumpel.

„Willst mich verarschen, was? Als sie dich damals hier bei mir in der Zelle abgeladen haben, da warst du neunundvierzig, daran erinnere ich mich noch ganz genau. Habe nämlich draußen einen Kumpel, der heute auch Geburtstag hat, und der wurde damals fünfzig. Deswegen kann ich mich gar nicht vertun. Du bist doch nicht schon etwa dicke?"

„Kleinen Seitenschlag hab ich, aber sonst weiß ich noch genau, was ich sage. Nee Karlchen, du hast schon ganz richtig gehört, ich bin heute fünfundvierzig geworden."

„Dann hast du mich also angelogen, wieso das denn?"

„Das habe ich wirklich nicht, es ist nur so verdammt kompliziert, und außerdem wirst du mir meine Geschichte sowieso nicht abnehmen. Wenn du willst, dann erzähle ich dir aber alles. Nur bitte, erkläre mich nicht für verrückt, es ist nicht einfach zu begreifen. Selbst ich kapiere es doch manchmal auch nicht. Ich verspreche dir, dass ich dich nicht verarsche, und du musst mir schwören, gegenüber keinem Menschen ein Wort zu verlieren. Du hältst auf jeden Fall die Klappe, ist das klar?"

„Jakob, wir kennen uns doch nun wirklich lange genug. Du weißt, dass ich nicht quatsche! Was haben wir uns in den Jahren alles gebeichtet und niemand hat etwas davon erfahren. Wenn du mir zu viel spinnst, dann knalle ich mich auf meine Koje und penne, darfst dann aber nicht sauer sein. Bevor du anfängst, da muss ich dir aber auch noch etwas sagen. Ich habe ja nie darüber gesprochen, aber irgendwie bist du zu beneiden. Bei der ersten Weihnachtsfeier hier im Knast hat man von uns doch Fotos gemacht und die habe ich neulich mal aus der Schublade gekramt. Was mir dabei sofort auffiel, du sahst damals älter aus als heute, das verstehe ich nun aber überhaupt nicht mehr. Los Alter, kipp uns noch einen ein und dann quatsch dich aus, ich bin jetzt wirklich gespannt auf dein Geheimnis."

„Eigentlich darf ich darüber überhaupt nicht reden."

„Nun ist doch gut, das hast du mir eben erst gesagt, uns hört schon keiner."

„Man hört uns, Karlchen, aber nicht so, wie du denkst. Nachher, falls du überhaupt bis zum Schluss zuhörst, wirst du es vielleicht verstehen. Die ganze Sache wird dir komisch vorkommen, aber ich spinne nicht. Glaubst du eigentlich daran, dass es zwischen Himmel und Erde rätselhafte Sachen gibt? Etwas, was man bei klarem Verstand unmöglich begreift?"

„Mit solchen Dingen habe ich mich schon oft beschäftigt, Schicksal und Unerklärbares muss es wohl geben. Etwas, auf das man überhaupt keinen Einfluss hat. Ja, daran glaube ich. Ich komme ganz gut mit der Tatsache zurecht, dass man mit dem Kopf nicht alles erfasst. Irgendetwas wird es schon sein, was über uns bestimmt und die Richtung anzeigt. Denk doch mal an die rechte und die linke Tür, über die ich dir erzählt habe. Das ist ja auch was, woran ich glaube. Jakob, versuche mir nur nicht einzureden, dass du so eine Art neuzeitlicher Jesus bist. Und anstelle am Kreuz zu baumeln, hier unten aus Neugier ein paar Jahre im Knast verbringst. Dann knalle ich mich wirklich gleich auf meine Pritsche und penne ein."

„Lass mal, Karlchen, bei mir läuft etwas ab, was es wirklich noch nicht gegeben hat. Kannst du dir vorstellen, dass ich ein Altersheim schon einmal von innen erlebt habe?"

„Warum denn nicht? Ich habe da auch schon mal 'nen Onkel von mir besucht, der ist aber inzwischen abgekratzt. So ungewöhnlich ist das nun auch wieder nicht."

„Nein, so meine ich das doch nicht. Ich selbst war ein Pflegefall und wurde im Altenheim betreut. Wenn ich dir nun auch noch erzähle, dass mich meine dusselige Pflegerin so mit Brei vollgestopft hat, dass ich daran erstickt bin, dann erklärst du mich sicher für verrückt. Es ist aber wirklich passiert, Karlchen! Die schob mir den Löffel mit der ollen Pampe in den Hals. Einen Löffel nach dem anderen, und als alter Mensch kann man nun mal eben nicht mehr so schnell schlucken. Also, was soll ich dir sagen, ich trat dem Luder noch in höchster Not vors Schienbein. Aber gleich darauf bin ich dann auch schon an dem schlabberigen Zeug erstickt! Karlchen, ich war so richtig schön mausetot. Es war ein herrliches Gefühl, plötzlich zu schweben und von oben das Altenheim zu sehen. Das war ein Bild für die Götter, als meine Pflegerin mich aufgeregt schüttelte und ganz weiß im Gesicht wurde. Ich habe mich richtig erschreckt, als ich sah, dass ich am Hinterkopf eine Tonsur hatte. Haarausfall war bis dahin eigentlich nie ein Problem gewesen. Egal, und was soll ich dir sagen? Ich landete bei Petrus", Jakob zeigte mit ausgestreckter Hand Richtung Zellendecke, „um es auf den Punkt zu bringen, die haben da oben riesige Platzprobleme. Du kannst dir überhaupt nicht vorstellen, wie viele Neuzugänge täglich unterzubringen sind. Eigentlich wäre ich gerne gleich für immer geblieben, im Himmel ist alles so richtig schön gemütlich. Mensch, da fliegen vielleicht bildhübsche Engel herum, allererste Sahne kann ich dir nur sagen. Doch der Oberboss, ich meine den Herrgott, der wollte etwas an mir ausprobieren. Wegen des Andrangs da oben wird bei mir jetzt getestet, was man vielleicht mal mit allen Menschen machen will. Ich musste also wieder zurück zur Erde, um mein Leben umgekehrt zu leben. So weiß man natürlich genau, wann ich den Löffel abgebe, und für das Himmelspersonal wird eine Planung viel einfacher werden. An meinem Fall will man sehen, welche Probleme auftreten könnten. Also, ich landete wieder im Heim in meinem Sessel und wurde weiter von dieser rabiaten Alten gepflegt. Wurde von ihr gefüttert und musste mir Windeln anlegen lassen, stell dir das nur mal vor! Ich konnte weder selbstständig essen, geschweige alleine auf den Pott. Den Hintern wischen, da musste die Rottwald immer an mir rumfummeln. Mit den Jahren wurde ich angesichts meiner besonderen Umstände immer aktiver. Bis die das nicht mehr ertragen konnten und es vorzogen, mich aus dem Heim zu feuern. Kannst dir ja vorstellen, dass sich irgendwann auch wieder andere Interessen bemerkbar machten. So hatte ich bald den Ruf als ‚der Tattergreis mit den flinken Fingern' weg. Das weibliche Personal ging in Deckung, wenn ich auftauchte. So einen Fall von körperlicher Entwicklung kannte man im Heim nicht. Schließlich kam ich bei ihnen sozusagen abgewrackt und scheintot an. Wegen ständiger Flausen im Kopf und unnatürlicher Lebhaftigkeit musste ich Jahre später das Heim wieder verlassen. Und so ging es dann weiter, Rentner, Beruf, Scheidung. Einmal im Jahr muss ich jetzt nach oben zum Rapport und berichte Petrus und dem Allmächtigen, wie alles abgelaufen und wie es mir ergangen ist. Wobei, die wissen das sowieso, die haben doch ein Auge auf mich geworfen und beobachten mich rund um die Uhr. Das ist natürlich auch nicht immer lustig, wie du dir wohl vorstellen kannst. Es gibt ja Situationen, bei denen man nicht unbedingt Zuschauer braucht. Da ich hier im Knast einsitze, kann ich seitdem natürlich nicht mehr hoch zum Rapport. Weil ich dir überhaupt alles erzählt habe, werde ich garantiert mit einem herrlichen Anschiss rechnen müssen. Das ist so sicher wie das Amen in der Kirche! Aber es ist mir egal, ich musste einfach mit dir darüber reden. Du hast offensichtlich Probleme, mir das zu glauben, richtig?"

„Ich weiß nicht, Jakob. Auf der einen Seite frage ich mich natürlich, weshalb du mir so etwas erzählst, wenn es nicht stimmt. Schließlich hast du ja keinen Knacks an der Birne, das wäre mir im Laufe der Jahre aufgefallen. Und außerdem hätte man dich in der Klapsmühle untergebracht und nicht hier. Auf der anderen Seite strapazierst du mit deiner Story unser gutes Verhältnis. Wenn ich das alles richtig verstanden habe, dann wirst du also in etwa dreißig Jahren deine erste Nummer schieben, du Ärmster!"

„Richtig, danach Schule, Kindergarten und dann ab an Mamas Milchbar."

„Mahlzeit, da wirst du ja noch ordentlich was erleben! Aber was ich noch nicht so richtig verstanden habe, weshalb sollst du deine Jahre vom zeitlichen Ablauf her noch einmal umgekehrt leben? Du musst mich verstehen, ich habe dir eben schon ganz genau zugehört, aber das alles ist schließlich auch nicht einfach zu begreifen."

„Pass auf, Karlchen, man hat mich wieder zurück zur Erde geschickt und in dem Moment wurde im Himmelsbüro auf den Tag mein genaues Alter notiert. Danach hat irgendein Engel aus der Schreibstube die Zeit weiter gerechnet und in einem Ordner konnte mein wirkliches Todesdatum vermerkt werden. Es ist alles noch ein Test. Aber man weiß genau, wann ich endgültig oben aufkreuze, um meinen Platz zu beanspruchen. Wenn das mal bei allen Menschen gemacht wird, dann kann der Petrus über Jahre im Voraus schon einen genauen Belegungsplan ausarbeiten. Jetzt taucht jeder oben auf, wenn's ihn erwischt hat. Der Jüngling nach dem Discobesuch durch 'ne abrupt gestoppte Autofahrt am Straßenbaum oder die olle Frau, die friedlich in ihrem Bett eingeschlafen ist. Und alle muss der Petrus auf einen Schlag unterbringen, das ist wirklich nicht einfach. Mein Fall wird unser Sozialsystem reformieren. Ich selbst habe erst einmal meinen Rentenanspruch aufgebraucht, um später im Beruf die Beträge anzusparen. Was ist dann aber mit demjenigen, der mit fünfzig den Löffel abgibt? Rente hat der überhaupt nicht bekommen, aber auch weniger Jahre gearbeitet. Da wird man sich etwas einfallen lassen."

„Ja, das ist logisch. Nimm es mir nicht übel, Jakob, aber deine Geschichte hört sich recht merkwürdig an! Wenn mir nicht schon wegen deines jüngeren Aussehens gegenüber damals Zweifel gekommen wären, dann hätte ich mich längst auf die Pritsche geknallt und würde pennen. Ich sag's mal so, Jakob. Sollte mich irgendwann mein Oberhirte von damals auffordern, durch eine der beiden Türen, in meinem Fall war's ja die linke Seite, wieder zurück nach oben zu kommen, dann werde ich feststellen, ob alles stimmt. Ich frage einfach im Himmelsbüro nach einem gewissen Jakob Jakobowsky, die kennen dich demnach doch alle. Na, man wird mir die richtige Geschichte über dich schon erzählen. Und außerdem würdest du mich doch bestimmt bei deiner jährlichen Stippvisite besuchen, oder? Immerhin sind wir hier unten Freunde geworden!"

Der Konflikt

Als man Karlchen Küster endlich in seiner Zelle fand, wäre ohnehin jede Hilfe zu spät gekommen. Er musste etwa zwei Stunden zwischen Klobecken und Pritsche gelegen haben, seine Zunge hing aus dem Mund. Jakob war in der Zeit, als es passierte, im Aufenthaltsraum und blätterte in einer Illustrierten, später spielte er mit Grabowsky Schach. Wenigstens hatte ein Aufseher den Leblosen gefunden. Das war Jakob erspart geblieben. Der Gefängnisarzt stellte den Erstickungstod fest.

Karlchens Mörder sollte nie überführt werden. Es gab weder verwertbare Spuren noch auskunftsfreudige Zeugen. Jeder im Bau vermutete Lehmann als Täter. Ein Racheakt lag ganz offensichtlich auf der Hand. Niemand jedoch traute sich, bei den Verhören diesbezügliche Mutmaßungen auszusprechen. Einige Zeit vorher hatte Karlchen den scheinbar Übermächtigen vor den Augen seiner konsternierten Vasallen gedemütigt. Und so etwas konnte ein Lehmann natürlich nicht auf sich sitzen lassen!

Lehmann hatte einen Grund gesucht und gefunden. Er ging auf Jakobowsky los, packte ihn von hinten und würgte den sich verzweifelt Wehrenden.

„Du sollst mir doch nicht in die Quere kommen", hatte er gebrüllt, „ich habe dich gewarnt. Aber was machst du? Spazierst doch eben glatt an mir vorbei und rempelst mich auch noch an! Dir reiße ich die Eier aus dem Sack, du wirst mir nicht mehr über den Senkel latschen und auch keine kleinen Mädchen mehr umlegen. Mach dein Testament, Kinderschänder!"

Karlchen Küster hatte das Ganze mitbekommen. Er trat Lehmann mit einem Bein gegen den Rücken, schlang beide Arme um dessen Hals, wollte das Urviech würgen. Doch Lehmann schüttelte ihn wie eine lästige Fliege ab. Jakob war inzwischen blau im Gesicht angelaufen, er röchelte und rang nach Luft. Karlchen rappelte sich auf, brüllte panisch vor Angst um seinen Freund. Diesmal sprang er Lehmann von vorn an und stieß dem Scheusal dabei seine zwei ausgestreckten Finger in die Augen. Ein erschütternder Schmerzensschrei folgte und dann krachte Lehmann zu Boden. Jakob rappelte sich hoch und lehnte sich gegen die Wand, ihm war übel. Karlchen Küster war jetzt nicht mehr er selbst, er trat dem Riesenbaby zwischen die Beine und sein rechter Stiefel zertrümmerte Lehmanns Vorderzähne. Seine Gefolgschaft stand mit entgeisterten Fratzen herum, fassungslose Arschkriecher!

„Ich schlage dich tot, Lehmann! Du lässt meinen Freund zufrieden, fasst ihn nicht noch einmal an, ist das klar? Sonst mache ich dich kalt, dich dreckiges Stück Scheiße. Los, antworte! Ist das klar?"

„Er kann doch nicht antworten, hat doch das ganze Maul voller Blut. Lass ihn jetzt zufrieden", einer von Lehmanns Vasallen hatte die Sprache wiedergefunden, „wir müssen ihn zum Doktor bringen."

Für Lehmann war es eine Blamage, so hatte man ihn noch nie bloßgestellt! Das Alphatier wurde vor den Augen der Mitgefangenen vom schmächtigen Karl Küster niedergemacht. Lehmann musste im Gefängniskrankenhaus behandelt werden. Nach über einer Woche wurde er wieder in den geschlossenen Vollzug überstellt. Er machte einen zerknirschten Eindruck, niemand traute sich, ihn anzusprechen.

Die Nacht vor Karlchens Beerdigung wurde für Jakob zum Albtraum. Er kriegte kein Auge zu, trat gegen die Zellentür und schrie vor Wut und Trauer, bekam Schweißausbrüche. Ein Aufseher öffnete die Beobachtungsklappe und brüllte ihn an. Jakob ließ sich nicht einschüchtern. Er trat wieder und wieder gegen die Tür.

„Halt bloß die Schnauze und penne endlich. Wirst sonst gleich Bekanntschaft mit meinem Gummiknüppel machen, ich kann auch anders. Jakobowsky, hör auf zu randalieren!"

Am nächsten Tag, als man Karlchen Küster beerdigte, regnete es in Strömen. Jakob war völlig durchnässt. Zwei Aufseher nahmen ihn in die Mitte und begleiteten ihren Häftling ans Grab. Handschellen hatte man ihm nicht angelegt, es wäre auch unwürdig gewesen. Kein anderer Mitgefangener durfte an der Trauerfeier teilnehmen. Ursprünglich wollte man es ihm auch nicht gestatten. Aber Jakob setzte alle Hebel in Bewegung, bis der Gefängnisdirektor in seinem Fall eine Ausnahme machte.

Es waren eine Menge Leute gekommen, viel Halbwelt unter den Trauergästen. Aber immerhin Menschen, die sich von Karlchen verabschieden wollten. Jakob beobachtete die Alte, die während der ganzen Zeremonie Rotz und Wasser heulte. Dem Anschein nach, so wie Karlchen sie beschrieben hatte, war es wohl seine Mutter. Wenigstens hatte sie sich an dem Tag für ihren Sohn Zeit genommen!

Karlchens Vater war nicht dabei, er lebte seit dem Schlag auf seinen Schädel eh in einer eigenen Welt.

Jakob warf vier Rosen auf den Sarg, symbolisch gedacht für vier gemeinsam verbrachte Jahre in einer Zelle.

„Pass diesmal von vornherein besser auf, Karlchen. Dein Oberhirte soll dich gleich durchs richtige Tor reinlassen. Sag ihm, du gehst nur durch die rechte Tür. Sonst weigerst du dich eben so lange, bis er nachgibt. Wenn ich beim nächsten Rapport wieder oben bin, dann werde ich dich besuchen, versprochen! Nur du weißt ja, wie ich das meine. Mach's gut, alter Freund, bis bald."

Die Aufseher sahen sich verständnislos an.

„Hat dich wohl doch ziemlich umgehauen, was? Versteh ich, ihr konntet ja wirklich gut miteinander. Habt euch respektiert, so was kommt im Knast nicht oft vor. Nun komm schon, du drehst sonst noch völlig durch. Und ich fange nachher auch noch an zu heulen."

Zwei Wochen ließ man ihn allein. Es waren grausam lange Tage und noch grausamere, endlose lange Nächte. Jakob weinte oft und unterhielt sich mit Karlchen. Er bekam aber keine Antworten auf seine Fragen. Dann wurde eines Morgens die Tür aufgerissen. Mit zwei Decken unterm Arm präsentierte sich Jakobs neuer Mitbewohner. Er war das genaue Gegenstück zu Karlchen Küster, groß, breitschultrig und überhaupt kein bisschen rücksichtsvoll. Ohne ein Wort zu sagen schmiss er seine Klamotten in die Ecke, warf sich auf die Pritsche, furzte. Und das waren die nächsten Tage auch die einzigen Töne, die Jakob von ihm hörte. Dafür schien er die Zelle als sein Revier zu betrachten. Müll, gelesene Zeitungen und Wäsche warf er auf den Boden, weshalb er mit dem Wachpersonal dauernd im Clinch lag. Ständig verschob er grundlos Tisch und Stühle und musste das Mobiliar am nächsten Tag wieder an seinen alten Platz rücken. Auch baute er einmal mitten in der Nacht geräuschvoll sein Bett um. Jakobowsky ließ ihn links liegen und kümmerte sich nicht weiter um den Neuen. Erst von einem Aufseher erfuhr er den Namen. Georg Balzer, wegen Totschlag zu neun Jahren Haft verurteilt.

Jakob holte sich aus der Gefängnisbibliothek jetzt öfter mal ein Buch. Wenn er las, gingen seine Gedanken auf Reise. Er fühlte sich dann für kurze Zeit nicht mehr eingesperrt. Auch war die Stille so besser zu ertragen.

„Schmeiß mal 'ne Kippe rüber", waren die ersten zusammenhängenden Worte, die Jakobowsky seit längerer Zeit von Balzer hörte. Er warf ihm eine Zigarette aufs Bett.

„Sollte nicht zur Gewohnheit werden, kannst außerdem wenigstens ‚danke' sagen."

„Scheiß dich nicht an."

Das sollte dann aber auf lange Zeit auch das letzte „Gespräch" gewesen sein, was Jakob mit Balzer führte.

Zumindest wurde Balzer ihm gegenüber nicht brutal. Es war für Jakob nur bedrückend, dass er mit keinem richtig reden konnte. Da gab es ja auch kein Vertrauen zu einem anderen Häftling. Er musste oft an Karlchen denken. Ihre Unterhaltungen, in denen sie auch über intimste Dinge sprachen. Oder auf den Putz hauten und dabei ihren ganzen Frust abbauen konnten und um sich danach gegenseitig wieder aufzubauen. Das alles vermisste Jakob sehr.

Dann legte sich Balzer mit Lehmann an, weil der ein paar blöde Bemerkungen über ihn machte.
„Du hast eben dein Maul ziemlich weit aufgerissen und dabei kam 'ne Menge Scheiße über deine Lippen. Habe ich das alles richtig verstanden, Lehmann?"
„Logo, dass du Ähnlichkeit mit 'nem geschwängerten Flusspferd hast, das kann man nicht leugnen. Das fette Vieh furzt nur nicht so viel wie du. Ich meine, es stinkt nicht so tierisch. Und nun verzieh dich, du stehst mir im Licht!"
Die Riesenbabys schlugen so lange aufeinander ein, bis beide blutüberströmt auf der Krankenstation landeten. Danach wurde Balzer in eine Einzelzelle verlegt.

Wenige Tage nach seinem 42. Geburtstag bestellte man Jakobowsky ins Büro des Gefängnisdirektors. Der saß an seinem Schreibtisch, flankiert von zwei Männern in mausgrauen Anzügen, die unser Protagonist aber nicht kannte. Man war überaus freundlich zu ihm, die Herren lächelten, man bot ihm sogar einen Stuhl an und ließ echten Bohnenkaffee und Haferkekse servieren. Jakob wurde angesichts der abstrusen Lage nervös. Ihm gingen Geschichten von Todeskandidaten in amerikanischen Gefängnissen durch den Kopf, die behandelte man in ihren letzten Stunden auch wie ein rohes Ei. Aber das konnte es nicht sein, schließlich saß er im deutschen Knast und nicht in Alcatraz ein! Als man ihm dann noch eine Zigarette anbot, verstand Jakob überhaupt nichts mehr.
„Nun, mein lieber Herr Jakobowsky, wir glauben, die Herren neben mir sind außerdem die Kriminalkommissare Bredemeier und Teuscher", er zeigte auf die beiden Gestalten neben sich, „also, wir haben eine gute Nachricht für Sie. Herr Jakobowsky, Sie sind rehabilitiert und werden das Gefängnis schon morgen verlassen können. Wie soll ich sagen, uns tut die Sache furchtbar leid, aber es hat nun mal alles gegen Sie gesprochen.

Erst jetzt stellt sich raus, dass Sie mit dem tragischen Tod an der kleinen Petra Cloppenburg nichts zu tun hatten. Ein fataler Irrtum, sorry", und im schroffen Ton an die beiden mausgrauen Typen neben sich, „nun sagen Sie doch endlich auch mal was! Schließlich hatten Sie damals gegen den Herrn Jakobowsky angeblich lückenlose Beweise auf der Hand, mit denen Sie ihn überführten. Ganz schlechte Arbeit, wie sich jetzt herausstellt."

„Also, wie der Herr Direktor eben schon sagte, Sie sind rehabilitiert. Damals sprach wirklich alles gegen Sie und wir waren uns sicher, den wahren Täter gefasst zu haben. Damit war der Fall für uns abgeschlossen und wir konnten die Unterlagen an die Staatsanwaltschaft weiterleiten. Ja, jetzt ist uns ein gewisser Janosch Prytozynsky aus Wilhelmsburg wegen einer ähnlichen Straftat ins Netz gegangen. Als wir ihn in diesem Fall mit unwiderlegbaren Beweisen konfrontierten, da hat er für uns alle überraschend auch die Tat an der Petra Cloppenburg gestanden. Man wird seitens der zuständigen Behörde alles tun, um Sie wegen der unschuldig eingesessenen Zeit zu entschädigen. Wie gesagt, ich kann nur noch mal zum Ausdruck bringen, dass es uns allen sehr leidtut, was Ihnen widerfahren ist."

Jakob nahm danach seine persönlichen Sachen in Empfang und am nächsten Vormittag stand er als freier Mann auf der Straße. Er steuerte sofort die nächste Würstchenbude an und bestellte sich eine Portion Schaschlik mit Pommes und Krautsalat, darauf verspürte er Heißhunger. Wie oft hatte er in seiner Zelle von diesem Moment geträumt. Er stopfte das Essen hastig in den Mund, bestellte sich eine zweite Portion und bekam heftigstes Magendrücken.

„Wohl lange nichts Richtiges mehr auf die Rippen gekriegt, was? Meinetwegen kannst du dir noch ordentlich was reinschieben, ich habe genug von dem Zeug."

Der Pommesbudenbesitzer schnäuzte sich laut und kräftig. Mit seinen ungewaschenen Pfoten angelte er aus einer Plastiktüte neue Schaschlikspieße und kratzte sich sodann genüsslich seine fettigen Kopfhaare.

„Was ist nun, noch 'ne Portion?"
„Lass stecken, mir ist schon schlecht. Gib mir lieber 'ne Pulle Bier."

Der Allmächtige strich unserem Protagonisten mit seiner göttlichen Hand gütig übers Haupt.
„Armer Jakob, warum musste ausgerechnet dir das passieren? Sieben lange Jahre unschuldig im Gefängnis zu sitzen, ich darf gar nicht daran denken. Wir konnten von hier oben in dieser Sache auch nicht tätig werden. Gerichte haben auch so etwas wie göttliche Macht. Die Zeit ist futsch, die können wir dir natürlich nicht gutschreiben."
„Aber man hätte doch trotzdem etwas machen können und ich wäre erst gar nicht eingesperrt worden."
Petrus antwortete anstelle des Allmächtigen.
„Aber Jakob, das würde doch unseren Versuch zur Farce werden lassen. Wir können deinen Lebensweg doch nicht von hier aus so lenken, wie es uns gefällt Wir müssen schon alles laufen lassen, wie es kommt, nur eben umgekehrt. Bei Kleinigkeiten könnten wir vielleicht mal eingreifen, nun gut, aber nicht bei so etwas. Ich verstehe die Menschen auf der Erde nicht, da wird jemand wegen einer Sache verdächtigt und alle sehen zu, dass derjenige geradewegs weggesperrt wird. Du hattest mit juristischen Nieten zu tun, die bestrebt waren, dass dein Fall so schnell wie möglich von ihrem Schreibtisch verschwand. Als man dich verurteilte, haben sie sich die Hände gerieben und konnten deine Akte schließen. Allein das war ihnen wichtig. Wir haben es von hier oben aus genau beobachtet. Der Richter, der dich verurteilte, kam hinterher grinsend aus dem Gerichtssaal. Er flüsterte irgendeinem Beisitzer zu, dass er von der Sache nichts mehr hören wolle und froh sei, dass endlich ein Urteil gefällt wurde. Kurz darauf ist er mit seinem blonden Verhältnis ins Restaurant gegangen und hat opulent gespeist. Glaub mir, Jakob, im Grunde waren alle heilfroh, als dein Anwalt keine Berufung einlegte. An deiner Stelle würde ich mir den mal gehörig zur Brust nehmen."
Auf einmal sah der Allmächtige den Jakob mit strengem Blick an.

„Da gibt es noch einen Punkt, über den wir uns unterhalten müssen. Der Petrus und ich sind deswegen ziemlich ungehalten. Du kannst dir vielleicht denken, was gemeint ist."

Hatte er es doch vermutet! Das Gespräch mit Karlchen Küster, als er ihm alles über seinen besonderen Lebensweg erzählte, war nicht vergessen worden. Meine Güte, die beiden hatten ein Gedächtnis wie ein Elefant! Jakob spielte den Unwissenden.

„Nein Allmächtiger, ich kann mir nicht denken, worum es geht. Immerhin war ich die ganze Zeit eingesperrt. Ich konnte überhaupt keinen Unsinn anstellen, worüber ihr sauer sein müsstet. Gut, manchmal habe ich unter der Bettdecke an mir rumgespielt, das gebe ich ja zu. Es war schließlich die einzige Freude, die ich mir machen konnte. Außer den schlüpfrigen Gedanken vielleicht noch, die ich sowieso nicht mehr aus dem Kopf bekam. Aber in Anbetracht von sieben frauenlosen Jahren solltet ihr mir deshalb keine Vorwürfe machen. Sonst habe ich aber wirklich keinen Bockmist verzapft."

Sofort mischte sich Petrus ein, er sah unseren Protagonisten äußerst streng an. Jakob wunderte sich und fand das gemein von ihm. Er hatte erwartet, Petrus würde sich auf seine Seite schlagen. Schließlich war er es gewesen, der sich seinetwegen und der Anna beim Herrgott mächtig ins Zeug gelegt hatte. Beide lebten inzwischen glücklich und zufrieden miteinander in ihrer Himmelsstube. Wobei, die Anna flirtete in letzter Zeit öfter mit Neuankömmlingen. Was dem Petrus wohl nicht verborgen blieb und weshalb er immer häufiger mürrisch in seinem Büro auftauchte.

„Tu nicht so scheinheilig, Jakob. Du weißt genau, was gemeint ist. Du hast dich nicht an unsere Absprache gehalten und dem Karl Küster alles über deinen besonderen Lebensweg erzählt. Mensch Jakob, ich hätte dich in dem Moment am liebsten in der Luft zerrissen. Niemand, aber auch wirklich niemand darf von der Sache etwas mitkriegen. Denk doch mal an eure Bürokraten, was werden die wohl machen, wenn sie das spitzkriegen? Die werden ihren ganzen bürokratischen Apparat ankurbeln, um im Vorfeld alle erdenklichen Möglichkeiten auszuloten. Du glaubst doch wohl nicht, dass sie einem ollen Mann so mir nichts, dir nichts seine Rente

105

auszahlen. Stell dir vor, die wissen noch nicht einmal, ob derjenige jemals arbeiten wird. Kannst du dir vorstellen, in so einem Altenheim, in dem du auch mal gelebt hast, dass man dort bereit ist, den Ankömmlingen das Leben einzuhauchen? Sie vielleicht danach jahrelang aufzupäppeln, um sie irgendwann als Jungspunde ins Leben zu entlassen? Sinn und Zweck solcher Heime wären doch infrage gestellt. Für all das müssten neue Gesetze und Verordnungen geschaffen werden, und auf diesen ganzen Bürokratenmist können wir während deiner Probephase gut und gerne verzichten. Meine Güte, Jakob, du hättest uns beinahe deftig reingeritten. Nur gut, dass rechtzeitig an der Sache gedreht wurde, bevor dein Zellengenosse und bester Freund Küster vielleicht doch gequatscht hätte."

Blitzartig schoss Jakob ein schrecklicher Verdacht durch den Kopf. Hatte man etwa bei Karlchen Küsters Ableben von hier oben aus Einfluss genommen? Nein, das konnte er nicht glauben. Jakob war sich sicher, dass der Allmächtige dazu keine Zustimmung gegeben hätte. Aber vielleicht war Petrus in der Angelegenheit alleine tätig geworden? Schließlich wären wirklich Probleme entstanden, mit denen er sich unweigerlich hätte rumschlagen müssen. Petrus war niemand, der sich gerne mit unnützen Dingen beschäftigte und lieber seine Ruhe genoss. Eigentlich traute Jakob ihm so etwas nicht zu. Nur, wie war seine Äußerung sonst zu verstehen?

„Wie hast du das eben gemeint, dass noch rechtzeitig an der Sache gedreht wurde? Mit Karlchens Tod hat hier doch wohl hoffentlich keiner etwas zu tun, oder?"

Die Frage musste ja kommen. Petrus hätte sich am liebsten selbst eine reingehauen, weil er mal wieder zuerst gesprochen und erst danach überlegt hat. Auch der Herrgott sah ihn erstaunt an.

„Wo denkst du hin, Jakob? Ich habe mich falsch ausgedrückt und gemeint, wir hätten in der Sache etwas machen müssen oder sonst 'ne Menge Ärger bekommen, wenn dein Freund geredet hätte. Leider ist er ja im Gefängnis ums Leben gekommen, und ich habe ihn, nur eurer Freundschaft wegen, in eine unserer besten Himmelsstuben einquartiert. Wenn du möchtest, dann kannst du ihn nachher besuchen. Aber du solltest nicht ausweichen, wieso hast du dich nicht an unsere Abmachung gehalten?"

„Du solltest mir aber auch nicht ausweichen! Petrus, hast du etwas mit dem Tod meines Freundes zu tun?"

„Nein und nochmals nein! Aber jetzt beantwortest du endlich meine Frage!"

„Ich musste einfach mal mit einem Menschen darüber reden. Karlchen war verschwiegen wie ein Grab, der hätte nie im Leben mit den anderen Knackis über mein Geheimnis gesprochen. Ihm war es nicht entgangen, dass ich mich äußerlich veränderte, immer blühender aussah. Jünger zu werden ist zwar auf der einen Seite toll, auf der anderen Seite für mich aber auch beängstigend. Weil nämlich mein festgesetztes Ende immer näher kommt und ich genau den Tag kenne. Im Normalfall weiß doch niemand, wann er stirbt. Möglicherweise morgen schon bei einem Unfall oder nächstes Jahr an einer schweren Krankheit, vielleicht aber auch erst im hohen Alter von hundert Jahren. Anders jedoch in meinem Fall. Übermorgen sind es noch fünfzehntausenddreihundert Tage, bis ich ins Gras beiße. Genau dann, keinen Tag früher oder später, werde ich als Embryo im Bauch meiner Mutter verschwinden und darin neun langweilige Monate in unbequemer Haltung verbringen. Bis ich durch den Samenschuss meines Vaters endlich erlöst werde. Nee, die ganze Sache mit dem Versuch an mir war einfach nur eine Scheißidee! Es hilft mir auch nicht weiter, dass ich in den letzten Monaten als sabbernder Säugling sowieso nichts mitbekomme. Aber heute schon genau zu wissen, wann mein Ende kommt, das ist brutal! Könnt ihr es nicht einfach wieder rückgängig machen und so deichseln, dass ich ab sofort den normalen Lebensweg gehe? Ich möchte wie alle anderen Menschen älter werden! Ihr habt doch schon genug Erfahrung mit mir gesammelt. Eigentlich solltet ihr doch begreifen, dass die Sache mit meiner umgekehrten Biografie Pillepalle ist, also Schwachsinn hoch sieben."

„Wenn du dir das wünschst, Jakob, dann tun wir dir eben den Gefallen. Du musst dich nur beeilen, damit du möglichst bald wieder auf dem Erdball zurück bist. Danach gehst du bitte auf direktem Weg in deine Wohnung, um Sachen zu packen, vergiss Zahnbürste und Schlafanzüge nicht. Mit deinem Bündel überm Arm hast du noch 'ne gute Stunde und kannst an der Pommesbude vorbei, wo du dir für lange Zeit mit Schaschlik und Krautsalat den Bauch vollhauen darfst. Danach solltest du dich aber wirklich beeilen, damit du rechtzeitig am Gefängnistor anklopfst. Noch einmal sieben Jahre, du solltest dich mit Büchern eindecken."

„Ach du lieber Himmel, daran habe ich überhaupt nicht mehr gedacht. Das ist aber auch eine verkorkste Situation. Beim besten Willen, in den Knast gehe ich auf keinen Fall wieder zurück! Ich bin doch nicht meschugge und setze mich noch einmal sieben lausige Jahre unschuldig ins Gefängnis. Stinksauer bin ich, ihr habt mich für eure dämliche Planung benutzt und hättet wissen sollen, dass die Sache in die Hose geht. Was für ein Schwachsinn aber auch. Als seniler Tattergreis anzufangen und als hoffnungsvoller Embryo zu enden! Richtige Freundschaften gibt es bei mir natürlich auch immer nur für eine kurze Zeit. Ihr könnt euch doch sicher noch an den Paul Klein erinnern. Anfangs unterhielten wir uns stundenlang über Gott und die Welt, wir hatten dieselben Interessen. Das änderte sich, er wurde älter und ich jünger, irgendwann hatte jeder von uns völlig andere Dinge im Kopf. Ich wollte mich mit ihm über Frauen unterhalten und er sich mit mir über ein neues Haftpulver gegen sein loses Gebiss. Kurz vor meiner Verhaftung, da spendierte ich ihm zu seinem Geburtstag ein Schäferstündchen bei einer Nutte."

„Jakob, ich habe dich schon öfter ermahnt, solche Ausdrücke möchte ich hier nicht hören", polterte der Herrgott wütend los und sah unseren Protagonisten streng an. „Drücke dich bitte ein wenig sittsamer aus!"

„Nun gut, ich hatte also vorher alles mit dem blonden Flittchen besprochen. Ihr auch noch 'nen Zehner extra zugesteckt, damit sie sich mit Paul ein bisschen Mühe gab. Erst war der Paul auch Feuer und Flamme gewesen. Aber kurz vorm Eingang zum Pu…, Pardon, kurz vorm Eingang ins Freudenhaus machte er schlapp und wollte partout nicht zu der niedlichen Blondine. Er würde sich nur blamieren und ich sollte ihm vom Kiosk dafür lieber 'ne Pulle Bier spendieren, das habe ich dann auch getan. Na ja, danach musste ich notgedrungen alleine rein und habe mich anstelle von Paul mit dem süßen Feger vergnügt. Schließlich konnte ich doch den Gutschein nicht verfallen lassen. Paul blieb indessen vorm Eingang sitzen und kippte sich sein Bier rein. Danach war er erst sauer auf sich, dann auf mich und zuletzt auf das blonde Flittchen. Die konnte aber für das ganze Desaster mit Paul wirklich nichts. Folglich ging wegen des Altersunterschieds und ungleichen Interessen wieder eine Freundschaft in die Brüche. Nee, mit euch rede ich kein Wort mehr, ich bin stinksauer!"

Jakobowsky drehte demonstrativ den Kopf zur Seite und starrte auf ein besonders kitschiges Wandgemälde. Was der Allmächtige und Petrus auch versuchten, Jakob hielt fortan beharrlich die Klappe und war nicht mehr ansprechbar.

Der Herrgott ging mit den Worten „ich muss nachdenken und möchte nicht gestört werden" in sein Büro. Als beide alleine waren, raunzte Jakob den verdatterten Petrus an.

„Von dir hätte ich wirklich nicht erwartet, dass du mir in den Rücken fällst! Du hast wohl ganz vergessen, was ich für dich und deine Anna getan habe. Damals hast du noch das Maul aufgerissen und getönt, ich hätte deswegen bei dir einen Stein im Brett, und jetzt das! Nee, mein Lieber, mir ist völlig egal, was du über mich denkst. Aber bei mir hast du verschissen! Guck mich nicht so an, überleg dir, wie es weitergehen soll. Den Rückweg über sieben Jahre Knast mache ich auf keinen Fall, ich will einfach nur ganz normal älter werden. Ich gehe jetzt rüber zu Karlchen, du kannst mich ja rufen lassen, wenn dir was eingefallen ist."

Jakob knallte die Bürotür zu und ließ einen geknickten Petrus zurück.

Er fand den richtigen Flur, aber nicht sofort Karlchen Küsters Himmelsstube. Jakob fragte einen Engel und der nahm ihn an die Hand und führte ihn zur richtigen Tür.

„Lass mich mal machen", sagte der Engel, „Karl öffnet nur auf Klopfzeichen. Das ist noch eine Vorsichtsmaßnahme von unten, dein Freund bekam schließlich öfter unangemeldeten Besuch von der Polizei."

Der Engel holte einen Zettel hinter seinem Flügel hervor und suchte Karlchens Namen.

„Das kann ich mir nämlich nicht alles merken, nicht nur dein Freund hat diese Angewohnheit. Hier, das ist er, Karl Küster."

Der Engel pochte in Intervallen an seiner Tür, dreimal lang, zweimal kurz, zweimal lang. Von innen hörte man Geräusche.

„Karl wird dir gleich öffnen, es dauert bei ihm immer etwas länger."

Der Engel schwebte den langen Flur hinunter und winkte noch einmal dem Jakob zu.

„Meine Güte, Jakob Jakobowsky! Ich werde verrückt, was machst du denn hier? Komm, lass dich drücken."

Karlchen umarmte Jakob und wollte ihn einfach nicht mehr loslassen.

„Ach du lieber Himmel, woran bist du denn bloß so früh gestorben? Los, komm endlich ins Zimmer."

„Ich bin nicht gestorben. Man hat mich aus dem Knast entlassen, weil endlich festgestellt wurde, dass ich die Kleine nicht umgebracht hatte. Du wolltest es mir ja auch nicht glauben. Nee Karlchen, ich bin hier beim Allmächtigen und Petrus zum jährlichen Rapport, du kennst doch meine Geschichte."

„Demnach hast du mir also wirklich keine Lügenmärchen aufgetischt. Dass ich stutzig wurde, als du mir davon erzählt hast, das wirst du mir ja wohl abnehmen. Nun setz dich endlich und schieß los, was war im Bau nach meinem Tod sonst noch los? Dass der Lehmann mich umgebracht hat, dafür bin ich ihm im Nachhinein direkt dankbar, es ist hier viel schöner als auf der Erde. Wurde der Mord an mir eigentlich jemals aufgeklärt?"

„Weißt du überhaupt, dass er es war?"

„Natürlich, er stand plötzlich in unserer Zelle, du warst ja im Aufenthaltsraum. Ich wollte auch gerade runter, hatte aber etwas vergessen und bin noch mal zurück. Lehmann war auf einmal hinter mir, und ehe ich überhaupt begreifen konnte, was er wollte, packte er mich und würgte mir die Kehle zu. Ich sehe noch seine hässliche Fratze vor mir und höre, wie er etwas von ‚Rache für neulich' und ‚du blamierst mich nicht wieder' stammelte. Danach weiß ich nichts mehr, plötzlich fühlte ich mich seltsam leicht und ich habe mich und den Lehmann unter mir in der Zelle gesehen. Ich sah noch, wie das Riesenbaby abhaute und mich zurückließ. Mit einem unbeschreiblichen Glücksgefühl flog ich durch so etwas wie eine Röhre oder einen Tunnel und kam gleich darauf hier oben an.

Petrus war äußerst fürsorglich, er schwänzelte die ganze Zeit um mich herum. Er ließ alle anderen Neuankömmlinge warten und gab mir sofort die beste Himmelsstube, so eine kriegen sonst nur wirklich bedeutende Persönlichkeiten. Du siehst ja selbst, es fehlt an nichts, diesmal hat man mich gleich durch die richtige Tür reingelassen. Wieso Petrus sich so um mich kümmert, das versteht niemand. Es ist aber auch egal, mir geht's blendend. Auf Lehmann bin ich nicht sauer. Schade um jedes Jahr auf der alten Kugel da unten, hier ist es viel schöner. Irgendwann suche ich mir auch eine wie die Anna. Dann wird endlich alles so, wie ich es mir immer gewünscht habe. So, zu was es auf der Erde nie kam. Das war aber ganz allein meine Schuld, ich kann niemand anderen dafür verantwortlich machen. Mensch Jakob, die Anna ist vielleicht ein tolles Weib! Was ist doch Petrus für ein Glückspilz."

„Ja, die Anna würde ich dem Petrus am liebsten auch ausspannen. Aber zu deiner Frage von eben, Lehmann konnte man nichts anhängen. Du weißt ja, wie das war, alle hatten Angst vor ihm und so machte auch niemand eine Aussage. Ein Aufseher fand dich und alarmierte den Doktor, es war aber schon zu spät. Was habe ich dich vermisst, nach deinem Tod hat man einen zu mir in die Zelle gelegt, der hat überhaupt kein Wort gesprochen. Das war genauso ein Riesenbaby wie der Lehmann, beide sind dann auch ganz schnell aneinandergerasselt und brachten sich beinahe gegenseitig um. Der Typ wurde danach verlegt und ich blieb bis zur Entlassung allein in der Zelle. Nun erzähl doch mal, was machst du die ganze Zeit hier oben?"

„Krumme Dinger, Jakob, natürlich auch wieder krumme Dinger. Ja, da guckst du! Ich dachte wirklich, man würde hier geläutert ankommen, ist aber nicht so. Meine kriminelle Ader konnte ich leider nicht auf der Erde zurücklassen, die verfolgt mich sogar bis in den Himmel. Bei mir unterm Bett, sieh dir das mal an."

Karlchen angelte eine goldene Harfe hervor, auf den ersten Blick musste das Teil wohl ein Vermögen wert sein.

„Die habe ich neulich einem niedlichen Engel geklaut. Das Flattermäuschen war nur einen Moment auf dem himmlischen Klo, um sich zu pudern, und hat das Instrument auf dem Flur abgestellt. Na ja, bevor sich jemand anderes so ein teures Teil einsackt, da habe ich sie mir lieber geschnappt. Hier oben kann ich das Ding aber nicht verscherbeln, vielleicht solltest du es mit nach unten schmuggeln. Albert Einstein wohnt gleich nebenan, bei dem bin ich auch eingestiegen. Da sieht das vielleicht aus, überall in seiner Bude liegen Zettel mit irgendwelchen Kritzeleien herum, wahrscheinlich sind das Formeln. Ein paar davon habe ich eingesteckt, um sie an ehemalige Physiker zu verhökern. Aber die haben nur den Kopf geschüttelt und konnten damit nichts anfangen. Irgendwann versuche ich es bei Rockefeller, vielleicht hat der nicht sein ganzes Vermögen vererbt und etwas von seiner immensen Barschaft mitgebracht."

„Mensch Karlchen, pass bloß auf, dass du nicht geschnappt wirst. In den Knast kann man dich hier oben zwar nicht stecken, aber der Herrgott würde dir mächtig aufs Dach steigen. Und Petrus könnte dich dafür in einer ungemütlichen Himmelsstube unterbringen. Außerdem würde man dir die nächsten Jahre bestimmt sämtliche Drecksarbeiten aufhalsen. Ob man einem Kleinkriminellen zur Belohnung ein himmlisches Wesen zur Seite stellt, das möchte ich auch stark bezweifeln."

Jakob erzählte von seinem Disput mit dem Allmächtigen und Petrus. Er sprach darüber, es nicht mehr ertragen zu können, genau den Tag zu kennen, wann er den Löffel abgeben wird.

„Es muss natürlich auch noch ausgerechnet ein Sonntag im Mai sein. Nebenbei bemerkt, dauerhafte Freundschaften sind bei mir nicht drin, da klaffen die Interessen sehr schnell auseinander. Ich müsste mich eigentlich heute schon mal unter den Neugeborenen umsehen, mit denen ich in einigen Jahren im gleichen Alter bin und für eine bestimmte Zeit mit ihnen befreundet sein könnte. So in etwa zwanzig Jahren werde ich mit einem, der heute noch schmatzend am Busen seiner Mutter nuckelt, um die Häuser ziehen. Die Freundschaft wird aber keinen langen Bestand haben. Oder, was ist mit meinen Eltern, wer sind sie und wo leben sie? Ich habe sie bisher weder gesehen noch etwas von ihnen gehört. Weißt du, Karlchen, als ich dir in unserer Zelle meine ganze Geschichte erzählte, da fand ich alles noch ziemlich spannend. Damals sah ich sowieso keine Chance, jemals den Knast zu verlassen. Innerlich hatte ich mich damit abgefunden und nur auf den Tag der unplanmäßigen Entlassung gewartet. Man konnte mich wegen meines kuriosen Werdegangs schließlich nicht bis zum bitteren Ende behalten. So wären mir noch die letzten Jahre in Freiheit geblieben, wegen Jugendschutz und so. Aber am Tag meiner Freilassung wurde mir schlagartig klar, dass die weitere Zukunft für mich verdammt kompliziert wird. Ich werde irgendwann vielleicht einige Semester studieren. Danach ein bisschen rumgammeln, um anschließend mein Abitur zu machen. Aber in dem Moment, wenn man mir die Schultüte aus der Hand nimmt, dann hört für mich der Ernst des Lebens auf. Wie's danach weitergeht, das kannst du dir ja denken."

„Jetzt bin ich aber doch halbwegs überrascht, ich hatte immer den Eindruck, du wärst wegen deiner zweiten Lebenszeit dankbar. Schließlich kenne ich niemanden, der das ganze Brimborium einmal hin und danach rückwärts mitmachen durfte. Was hältst du denn davon, wenn du dem Allmächtigen und Petrus vorschlägst, für immer hierzubleiben? Also, ich würde mich riesig freuen und außerdem möchte ich sowieso mit keinem auf der Erde mehr tauschen wollen. Dir würde das genauso gehen, Jakob."

„Daran habe ich auch schon gedacht. Nur, man wird sich darauf nicht einlassen, schließlich will man mit mir ja etwas ausprobieren. Der Herrgott sitzt jetzt in seinem Büro und grübelt. Alles meinetwegen, vielleicht findet er einen Ausweg. Als ich mich vorhin massiv beschwerte, das schien ihm ganz schön an die Nieren zu gehen. Bei Petrus bin ich mir nicht sicher, der ist viel zu sehr mit sich beschäftigt, der schüttelt so etwas ganz locker ab. Er denkt sowieso nur noch an seine Anna und würde sie am liebsten in Watte packen. Dabei war ich derjenige, der sich beim Allmächtigen für beide ins Zeug gelegt hatte, und zum Dank fällt mir der Typ in den Rücken. Nee, vom Petrus bin ich mächtig enttäuscht!"

„Die schöne Anna, mein lieber Herr Gesangverein, das Mädel ist vielleicht 'ne Wucht! Als sie mich damals an der Himmelspforte empfing, da wusste ich gleich, hier bin ich richtig. Wo kommt sie eigentlich her?"

„Aus Sankt Petersburg, aber halt dich fest, sie war so etwas wie 'ne Edelnutte. Anna benimmt sich hier im Himmel auch nicht ausgesprochen prüde. Wie du bei dir selbst festgestellt hast, behält man ja so bestimmte Eigenschaften."

„Ach weißt du, Jakob, dass die Anna für Liebesdienste Geld genommen hat, das stört mich überhaupt nicht. Ich brauche nur in ihre dunkelgrünen Augen zu sehen und bin gleich hin und weg. Toll, dass man im Himmel nicht altert! Die Anna steht in hundert Jahren noch voll im Saft und bleibt so herrlich knackig. Ich kann für nichts garantieren, aber den süßen Engel habe ich für mich noch längst nicht abgeschrieben, da könnte noch etwas laufen."

„Wegen Petrus würde es mir nicht leidtun, ganz bestimmt nicht. Nur für dich, unterschätze bloß nicht seine Macht und seinen Einfluss. Der Petrus würde durchdrehen, wenn du ihm seine Anna ausspannst."

In dem Moment öffnete sich die Tür einen Spalt und ein dunkelgrünes Augenpaar blickte die beiden einstigen Zellengenossen verführerisch an. Karlchen Küster haute es fast vom Stuhl. Eine erotische, angenehm dunkel klingende Stimme mit einem herrlich rollenden ‚R' bat Jakob Jakobowsky ins Büro des Allmächtigen.

Die wundersam himmlische Warte

In respektvollem Abstand zum Allmächtigen und in devoter Haltung neben dessen Schreibtisch harrend, der Petrus! Sein Chef durchblätterte Akten und Dokumente, murmelte vor sich hin, was unser Protagonist nicht verstand, und Petrus machte sich fleißig Notizen. Der Herrgott schaute kurz auf und bat dann Jakob freundlich, sich doch zu setzen und es sich bequem zu machen.

„Einen Moment noch, wir sind gleich fertig", murmelte Petrus, danach widmeten sich beide wieder ihren Aufzeichnungen.

„Jakob, es gibt ein paar Möglichkeiten, die wir uns überlegt haben." Der Herrgott war hinter ihn getreten und legte ihm seine Hand auf die Schulter. „Aber so richtig gefällt uns alles nicht. Es ist schade, dass du den Versuch nicht fortführen möchtest. Bisher lief es doch eigentlich ganz ordentlich und wir konnten durch dich eine Menge Erkenntnisse sammeln. Oder hast du es dir in der Zwischenzeit vielleicht anders überlegt und machst doch weiter? Das würde uns freuen, nicht wahr, Petrus?"

„Bitte Jakob, mach einfach weiter wie bisher."

„Nein, auf keinen Fall! Es muss eine bessere Möglichkeit geben, ich möchte den genauen Tag meines Abgangs nicht ständig vor Augen haben! Es ist bestimmt nicht angenehm, wenn ich morgens aufstehe und immer gleich einen Strich auf meiner Liste ausradieren muss. Zack, wieder ein Tag weg! Wenn euch nichts anderes einfällt, dann lassen wir es eben oder ich erzähle allen von meinem ungewöhnlichen Lebenslauf. Dann könnt ihr das Experiment sowieso vergessen."

„Jakob, mit dir kann man heute einfach nicht vernünftig reden", polterte der Allmächtige los, „du bist störrisch wie ein griechischer Esel. Petrus und ich haben lange überlegt und über sämtliche Punkte diskutiert, es ist nicht einfach! Aber etwas solltest du unbedingt vorab erfahren, wir können dich nicht einfach auf die Erde schicken, als wäre nichts gewesen. Um dich wieder älter werden zu lassen, so wie du es dir vorgestellt hast, da spielt das bürokratische Deutschland schon mal gar nicht mit. Das haben wir in der Zwischenzeit recherchiert. Du wärst mittellos, weil man sich weigert, an jemanden zweimal Rente zu zahlen. Die müsstest du aber später beantragen, wenn du nicht in der Gosse landen willst. Weiter könnten wir dir den erneuten Aufenthalt im Knast nicht ersparen, so weit reicht unser Einfluss auch nicht. Petrus hat den Vorschlag gemacht, dich dann eben für immer hierzulassen, du würdest ganz normal sterben und niemand hätte einen Grund, sich darüber zu wundern. Wir könnten dich übermorgen, Moment mal", der Herrgott blätterte in seinen Notizen, „ja, übermorgen könnten wir dich offiziell nachmittags um halb drei in Hamburg beerdigen lassen. Du bekämst dann natürlich eine unserer besten Himmelsstuben, ganz in der Nähe von deinem Freund Karl Küster. Mit der Beerdigung wäre deine besondere Mission beendet. Überlege dir alles in Ruhe und teile uns danach deine Entscheidung mit. Du könntest aber auch noch einmal zu mir kommen, wir beide sollten vielleicht alleine miteinander reden und ich würde dir etwas zeigen. Etwas, was über deine Vorstellungskraft hinausgeht und was vor dir noch kein anderer Mensch gesehen hat, es dürfte deine Entscheidung beeinflussen. Also Jakob, möchtest du gleich für immer bei uns bleiben oder willst du morgen noch einmal zu mir kommen?"

„Das kann doch wohl alles nicht wahr sein! Da darf ich mich also innerhalb von fünf Minuten entscheiden, ob ihr mich übermorgen in Hamburg beerdigen lasst oder nicht. Meine Güte, das ist vielleicht komisch. Ich kann darüber nur lachen, sorry! Aber ein Jakob Jakobowsky lässt sich nicht so einfach entsorgen, das solltet ihr wissen! Adieu, ich gehe wieder zurück nach unten und werde quatschen, euer guter Jakob verdrückt sich jetzt auf den Erdball und wird euch den Test vermasseln. Morgen mache ich gleich einen Termin bei der Redaktion von so einem Revolverblatt und schlage dabei jede Menge Kohle raus. Ich sehe schon die Schlagzeile ‚Die im Himmel sind besoffen – wir sollen jetzt rückwärts leben' vor mir. Das wird einschlagen wie eine Bombe, darauf könnt ihr euch verlassen! Ich vergesse Beruf, Studium und die blöde Schulzeit und fliege mit meinem Honorar in der Tasche in den Süden. Mache mir eben noch ein paar herrliche Jahre, auch gut. Euer Jakob wird bis in die Puppen schlafen, danach genüsslich seine Kokosmilch schlürfen und sich am Strand unter Palmen mit einer Südseeschönheit amüsieren. Nein, euer Versuchsobjekt ist doch nicht bescheuert geworden und wird auch ganz sicher nicht übermorgen beerdigt. Weder in Hamburg noch in Posemuckel! Zu der Zeit sitzt Jakob Jakobowsky nämlich schon im Flieger gen Südsee. Petrus, du musst mich dann auch nicht mehr an unseren jährlichen Termin erinnern. Ich komme nur noch ein Mal nach hier oben, in vielen Jahren, aber dann wirklich auch für immer. Danke, das war's also gewesen!"

„Halt Jakob, so geht das nun wirklich nicht! Du bist ziemlich unverschämt geworden, das lassen wir uns nicht gefallen. Komm sofort zurück und setz dich wieder hin! Dir ist doch wohl nicht entfallen, dass ich etwas von einer anderen Möglichkeit angedeutet hatte? Allerdings, du solltest wirklich erst einmal Vernunft annehmen. Ich werde das Gefühl nicht los, dass du einfach nur bockig und nicht besonders kooperativ bist. So kenne ich dich überhaupt nicht."

Jakob wusste selbst, dass er zu weit gegangen war. Aber beide sollten wissen, dass sie mit ihm nicht alles machen konnten. Zumindest hatte er den Herrgott wie auch Petrus ganz gehörig unter Druck gesetzt und – er würde sich weiterhin stur stellen. Also drehte er sich in der geöffneten Tür um und ging gemächlichen Schrittes an seinen Platz zurück, setzte sich und schlug betont lässig das eine über das andere Bein. So, als wäre er das erste Mal im Kontor des Allmächtigen, sah er sich betont blasiert im Büro um. Danach widmete er sich intensiv seinen Fingernägeln und pulte mit dem Zeigefinger der rechten Hand das Schwarze aus dem Mittelfinger seiner linken. Als er mit dem Ergebnis zufrieden schien, blickte er höchst uninteressiert sein Gegenüber an und ließ ein langweiliges „ich höre" – mit verbal angedeutetem Fragezeichen – folgen.

„Lassen wir es für heute, so kommen wir beim besten Willen nicht weiter. Ich sehe schon, man kann mit dir nicht reden. Wir verschieben unser Gespräch auf morgen, vielleicht bist du dann besser drauf. Du kannst heute Nacht bei deinem Freund in seiner Himmelsstube schlafen, ich lasse ein Bett reinstellen. Vielleicht redest du mit ihm über deinen Fall und hörst dir seine Meinung an, er weiß ja sowieso Bescheid. Morgen früh treffen wir uns hier im Büro. Hoffentlich bist du dann wieder unser liebenswerter Jakob Jakobowsky, so wie sie dich hier oben alle mögen."

Die Aussicht auf eine gemeinsame Nacht mit Karlchen ließ Jakobs Stimmungsbarometer steigen, außerdem sollte er wirklich alles mit ihm besprechen. Jakob hatte sich die Klopfzeichen gemerkt, andernfalls würde sein Freund nicht öffnen.

„Habe ich mir doch gedacht, dass du hier noch einmal auftauchen wirst. Ich hätte es dir aber auch übel genommen, wenn du so mir nichts, dir nichts auf den Erdball abgetaucht wärst. Na, was ist bei eurer Debatte rausgekommen? Du bleibst hoffentlich gleich für immer hier, das fände ich stark. Mensch Jakob, was könnten wir nicht alles zusammen machen. Aber nun erzähl doch mal, wie ist es denn so gelaufen?"

„Später Karlchen, nicht jetzt. Ich soll für heute Nacht hier bei dir wohnen, irgendwer stellt gleich noch 'ne Pritsche rein. Du hast hoffentlich nichts dagegen, oder?"

„Spinnst du, natürlich habe ich nichts dagegen! Ich finde das einfach toll, du und ich endlich mal wieder zusammen auf einer Bude. Ist doch fast so spannend wie damals im Bau."

Trotz striktem Rauchverbot in den himmlischen Räumen legte Jakob eine Packung Zigaretten auf den Tisch.

„Bedien dich, Karlchen. Hast ja wohl bestimmt lange keine mehr durchgezogen."

„Das kannst du glauben, hoffentlich vertrage ich das Kraut überhaupt noch. Was ist denn nun, bleibst du gleich für immer hier?"

„Genaugenommen weiß ich momentan selbst noch nicht, was ich machen werde. Unser Gespräch ist ausgegangen wie das Hornberger Schießen, am Ende hat mich der Allmächtige mehr oder weniger an die frische Luft gesetzt. Gebe ja zu, ich habe wirklich 'ne ziemlich große Lippe riskiert. Morgen werde ich mich wohl oder übel etwas kooperativer zeigen müssen. Ist doch wahr, ich kann schließlich nicht alles schlucken, was die mir vorschlagen."

Karlchen blieb nachdenklich, nachdem Jakob ihm alles erzählt hatte.

„Ich kann deine Aufregung nicht so ganz nachvollziehen. Wenn ich dich richtig verstanden habe, dann stehst du also morgens auf und rennst direkt zum Kalender, um deine restlichen Tage zu zählen, richtig?"

„Ja, jeden Tag radiere ich einen Strich aus."

„Du machst dich damit verrückt, Jakob. Lass den Quatsch und denke nicht andauernd an dein Ende. Überleg doch mal, du hast noch über vierzig Jahre vor dir. Und das ist etwas, was du sogar ganz sicher weißt. Kein anderer Mensch außer dir kann mit Gewissheit darauf wetten, dass er den nächsten Tag noch gesund und fröhlich erleben wird. Wenn man genau nachdenkt, dann ist das tragisch. Nur, darüber hast du dir bestimmt früher auch nicht ständig Gedanken gemacht, du wärst ja verrückt geworden. Also, lass das mit deinen blöden Strichen und freue dich, du hast noch 'ne Menge an Zeit vor dir. Hier oben ist es zwar schöner als auf der Erde, ohne Zweifel. Aber davon wusste ich unten auch nichts, und du darfst mir glauben, wenn ich mal nicht gerade wieder eingebuchtet war, dann habe ich letztlich ganz gerne gelebt. Apropos Knast, was erwartest du? Du willst wieder wie jeder andere Mensch ganz gewöhnlich älter werden, na gut. Aber dann sollte dir eigentlich auch bewusst sein, alles bis dahin noch einmal durchstehen zu müssen, die sieben Jahre Bau inklusive! Nebenbei, du würdest sowieso dabei nichts gewinnen. Den Tag, an dem die Rottwald dich bis zur Halskrause mit Brei zugestopft hat, den kennst du doch schließlich auch. Demnach ist es egal, in welche

Richtung du deine Tage abzählst. Nee, mein Lieber, das wäre gehupft wie gesprungen. So oder so, in deinem Fall ist die Zeit limitiert. Egal ob du nun als Greis oder Embryo endest. Es ist natürlich kein so ganz glücklicher Zustand und mit Konsequenzen für dich verbunden, an die damals niemand dachte. Nur, an deiner Stelle würde ich aufpassen, dass du den Allmächtigen und Petrus nicht noch mehr verärgerst. Du hast beiden die Pistole auf die Brust gesetzt, aber wie lange werden die sich das gefallen lassen? Jakob, du solltest etwas vorsichtiger sein. Wie bist du nur auf die Idee gekommen, sie damit erpressen zu wollen, die ganze Story so einer chaotischen Zeitung anzubieten? Jakob, pass bloß auf, dass du dir damit keinen reinwürgst. Du hörst dir morgen den Vorschlag des Allmächtigen an und zeigst dich einfach etwas kooperativer als heute. Nimmst dir danach 'ne Auszeit und komm noch mal bei mir vorbei und wir überlegen zusammen. Sieh nur zu, dass dem Herrgott nicht der Geduldsfaden reißt, er sitzt nun mal am längeren Hebel."

„Aber mich übermorgen um halb drei in Hamburg beerdigen zu wollen, was sollte das denn sein? Bei dem Vorschlag bin ich beinahe ausgerastet."

„Ich versteh dich, Jakob. Trotzdem, mach es so, wie wir es besprochen haben. Gehst morgen zum großen Boss und lässt dir von ihm etwas zeigen. Hörst dir dabei in Ruhe sein letztes Angebot an, aber riskiere nicht gleich wieder so eine große Lippe. Vielleicht hat der Allmächtige für dich wirklich noch einen annehmbaren Weg in petto."

Am nächsten Morgen – in Petrus' Büro – wurde unser Protagonist wie ein sehnlichst erwarteter Ehrengast empfangen und behandelt. Zuerst bewirtete man ihn mit einem opulenten Frühstück. Alle waren außerordentlich freundlich und zeigten sich besorgt um Jakobowskys Wohlergehen. Nachdem er ausgiebig gespeist, ungewohnt diskret gerülpst und danach heimlich auf dem himmlischen Gemeinschaftsklosett eine geraucht hatte, stellte Anna eine große Kanne Kaffee und Keksdosen vor ihn auf den Tisch. „Bedien dich", flötete sie. Dabei streichelte sie dem Jakob sanft übers Haar und flüsterte ihm aufmunternd „nur Mut und lass dich bloß nicht von denen unterbuttern" ins Ohr. „Außerdem", sie kraulte jetzt seinen Hals, „den Kaffee habe ich dir veredelt, ist ein ordentlicher Schuss Wodka mit drin. So etwas nehmen meine Landsleute vor wichtigen Ereignissen immer als Medizin. Das macht ungeheuer mutig und stark, wirst sehen, darf aber keiner wissen."

Jakob lief es schaurig schön den Rücken herunter und er sah die Anna ganz verliebt an.

„Anna", Jakob erschrak, als der Herrgott hinter ihm polterte, „bitte nicht hier servieren. Mach das besser drüben in meiner himmlischen Warte, du weißt warum. Ich will dem Jakob etwas zeigen und mit ihm alleine sein. Heute bist du doch ganz sicher nicht wieder so ein bockbeiniger Esel, oder? Komm Jakob, wir lassen uns jetzt von niemandem mehr stören."

Durch eine verborgene, direkt neben seinem Büro befindliche und mit einem blauen Vorhang versehene Pforte führte ihn der Herrgott in einen großen Raum. Raum? Das war der falsche Ausdruck! Jakob trat in eine riesige gläserne Kuppel und erschrak! So etwas Imposantes hatte unser Protagonist noch nie vorher gesehen. Als der Allmächtige das Portal schloss, da schaute der Jakob unter sich auf den Erdball. Alles, aber auch wirklich alles, war klar und deutlich erkennbar, zum Greifen nahe.

„Jetzt staunst du, was Jakob? Von hier aus kannst du alles sehen, die Erde, jeden Fluss, jede Stadt, jedes Gebirge. Du kannst dein spezielles Leben auf dem Erdball verfolgen, aber du kannst auch jeden anderen Menschen beobachten und zu dir holen, ohne dass er es merkt. Du brauchst nur an ihn zu denken und schon siehst du ihn. Hörst, was er sagt und besser noch, du kannst seine Gedanken, Stimmungen und Gefühle erfassen. Lass dir viel Zeit, versetze dich in die Gedankengänge der Menschen und lasse alles auf dich einwirken. Aber sei nicht zu enttäuscht. Du wirst Dinge sehen, Worte hören und Gedanken vernehmen und du wirst manchmal schockiert sein. Vielleicht wird dir aber auch unerwartet Freude widerfahren. Weißt du, Jakob, ich ziehe mich oft hierher zurück, und ich nehme an so vielen Geschehnissen teil, die mich verzweifeln, manchmal aber auch hoffen lassen. Unter meinem Schreibtisch gibt es einen Knopf. Würde ich ihn drücken, könnte ich jederzeit damit die Menschheit, nicht aber die Tiere, unfruchtbar werden lassen. Wie oft schon hatte ich den Finger am Knopf, aber ich habe dann doch nicht darauf gedrückt. Warum nicht, könntest du dich fragen? Bei dem Elend, das ich mir von hier aus ständig mit ansehen muss? Ich will es dir sagen, Jakob. Ich habe noch immer nicht den Glauben an das Gute in den Menschen verloren, schließlich durfte ich manches Mal auch Freude erleben. Denke an Albert Schweitzer, er ist so ein Beispiel. Warum? Weil er hilflose Menschen von ihren Krankheiten heilte, ohne einen Gedanken daran zu verschwenden, jemals dadurch Reichtum zu erlangen. Glaube mir, Jakob, so etwas zu tun, ist ein unermesslich großes Geschenk für die Menschen, die auf Hilfe angewiesen sind! Ich habe in den Tagen und Nächten, in denen er durcharbeitete, ohne Schlaf und ohne zu klagen, seine Gedanken gehört und seine Stimmungen gefühlt. Auch er war oft verzweifelt, weil es Rückschläge und Enttäuschungen gab. Aber dann hat sich dieser tapfere Mann geschüttelt und weitergearbeitet. Ja Jakob, den Albert Schweitzer habe ich oft beobachtet. Aber genug mit meinen Beobachtungen und Erzählungen, ich lasse dich jetzt alleine. Nimm dir viel Zeit, niemand wird dich stören. Wenn du alles gesehen und innerlich verarbeitet hast, dann läutest du und ich komme zurück. Du wirst Fragen stellen, wir werden reden und vielleicht hast du dich dann auch schon entschieden? Ich werde dich zu nichts drängen und deinen Entschluss akzeptieren."

Jakob war aufgeregt und grübelte, denn bei welchen Personen sollte er seinen ersten Versuch starten? Na klar, in der ehemaligen Firma gab's genug Leute, die ihn interessierten. Was machten wohl Biermann und der Sander vom Außendienst oder die Mollenhauer Söhne? Im selben Augenblick sah er seine einstigen Kollegen mit Mollenhauer junior Nummer zwei im kleinen Konferenzraum um einen runden Tisch sitzen.

„Will sagen", rezitierte der Letztgenannte, „was Sie gestern als Ergebnis Ihrer Vorverhandlungen mitgebracht und mir auf den Tisch gelegt haben, das ist für unser Unternehmen nur schwer rechenbar! Mit der Marge könnten wir ja gerade noch so leben. Nur", er kratzte seinen mit Haupthaar nur spärlich bewachsenen Hinterkopf, „wir werden uns mit denen über weitere Zugeständnisse auf keinen Fall auseinandersetzen.

Die Schmerzgrenze ist so oder so erreicht. Bessere Konditionen brauchen die gar nicht erst von uns zu fordern, sonst werden die Verhandlungen abgebrochen und wir müssen uns nach neuen Abnehmern umsehen. Mit uns kann man solche Spielchen nicht machen, schließlich muss es sich für Mollenhauer & Söhne rechnen lassen. Ich rede nachher gleich mit meinen Brüdern, aber die werden das genauso sehen."

„Damit haben Sie den Nagel auf den Kopf getroffen", hörte Jakob den Biermann säuseln, „wir können es uns nicht leisten, unsere Produkte zu verkaufen, wenn es sich nicht mehr rechnen lässt. Dann können wir sie auch gleich verschenken. Das habe ich neulich bei denen im Vorgespräch auch durchblicken lassen. Die verließen dann aber demonstrativ den Raum und forderten uns auf, dass beim nächsten Gespräch jemand aus der Geschäftsleitung mit dabei sein solle. Ich bewundere ja immer wieder ihre Hartnäckigkeit und geschickte Verhandlungstaktik, dadurch setzen Sie letztlich dann doch ihre Vorstellungen durch, Herr Mollenhauer. Ihre Verhandlungspartner haben sich bestimmt an Ihnen oft die Zähne ausgebissen."

Kollege Sander setzte noch einen drauf, „bloß gut, dass wir Sie in der Angelegenheit noch rechtzeitig konsultiert haben. Es wird auf jeden Fall besser sein, wenn Sie an den weiteren Gesprächen teilnehmen. Alle Fäden laufen schließlich auf Ihrem Schreibtisch zusammen. Da ist es doch ganz natürlich, dass nur Sie den Gesamtüberblick haben können", er sah dabei seinen Chef äußerst devot an und Sander war nahe an dem Punkt, vor Unterwürfigkeit zu heulen oder alternativ zu sabbern.

Jakob musste schallend lachen, als er Biermanns Gedanken wahrnahm. ‚Du alte Pfeife, das hätten wir auch ohne dich ganz locker zum Abschluss gebracht. Warum mischt der Trottel sich bloß immer in alles ein? Der Zweite ist mit Abstand der dämlichste vom Mollenhauer Clan. Und Sander trete ich gleich in die Eier, der schleimt wie verrückt, das hält ja kein normaler Mensch aus.'

Dagegen, der soeben seitens Biermann gedanklich zur Sau gemachte Mollenhauer junior Nummer zwei, war innerlich am Feixen. Die beiden Arschkriecher buckelten und buhlten um seine Gunst, dass es eine reine

Freude war. In Wirklichkeit waren sie völlig unfähig und zu dämlich, alleine etwas auf die Beine zu stellen, geschweige denn Verhandlungen so geschickt zu führen wie er selbst. Er hatte schon oft daran gedacht, beide vor die Tür zu setzen. Doch die trugen zu viele Jahre Betriebszugehörigkeit auf dem Buckel, und das hätte Mollenhauer & Söhne eine Stange Geld wegen der Abfindung gekostet. Man wartete lieber darauf, dass die beiden Dilettanten irgendwann mal Mist bauten, dann würde man sich preiswerter von ihnen trennen können. Wie oben erwähnt, Sander und Biermann waren zwar unfähig und dämlich, aber wiederum nicht so blöde, dass sie der Mollenhauerschen Geschäftsleitung freiwillig einen Kündigungsgrund lieferten. Anderseits hegte und pflegte Mollenhauer junior Nummer zwei, genau wie die beiden Brüder, das Loch in seinem Hintern. Damit Leute vom Schlage eines Biermann oder Sander auch bequem reinkriechen konnten. Jakob dachte an den Senior und sah in dem Moment dessen Grab. Der alte Mollenhauer hatte also nicht nur das Firmenzepter, sondern auch den Löffel abgegeben, das wusste Jakobowsky nicht.

‚Was Paul Klein wohl so macht', ging es Jakob durch den Kopf. ‚Von dem alten Haudegen habe ich Ewigkeiten nichts mehr gehört, hoffentlich ist er nicht schon tot.' Doch Jakobs einstiger Saufkumpan lebte und Jakob sah, dass Paul bei Dr. Rudolph im Behandlungszimmer saß. Ihm wurden Rücken und Brustkorb abgehorcht. Jakob übersah nicht des Doktors gespielt besorgte Mimik und vernahm, ‚bei dem Lebenswandel grenzt es an ein Wunder, dass der olle Zausel überhaupt noch lebt. Andere hätte längst der Sensenmann geholt, aber der ist zäh wie Leder. Bin mir sicher, wenn er nicht sein ganzes Leben gesoffen hätte, würde der die hundert Jahre spielend schaffen. Aber jetzt noch versuchen, ihm die Sauferei abzugewöhnen, werde ich mir ersparen. Hauptsache, er hält noch recht lange durch und kommt dafür jeden zweiten Tag zu mir in die Praxis. Also, um die Stammkunden kümmere ich mich schon gründlich, das kann mir keiner vorhalten. Meine Kundschaft so lange wie möglich am Leben zu erhalten, egal wie es ihnen geht, das ist meine Devise. Solche Typen bringen schließlich ordentlich Zaster, ich dreh mir doch nicht selbst den Geldhahn zu. Den ollen Klein halte ich so lange am Leben, bis er es nicht mehr aushält und freiwillig von der Brücke springt, da kann ich dann eh nichts machen. Ich sollte mich jetzt aber ein bisschen beeilen. Will schließlich gleich noch auf den Tennisplatz', nahm Jakob die Gedanken des Dr. Rudolph wahr und hörte ihn zu Paul sagen: „Ich verschreibe uns sicherheitshalber ein paar neue Medikamente. Die dürfen wir aber nicht wieder vergessen, der große Stuhlgang geht sonst nur noch mit Klistier." Paul wurde unruhig und erkundigte sich, was das denn sei. „Das ist 'ne Spülung mit Wasser und Seife durch den Darm. Quatsch, Ihre Frau wird Ihnen eine Tülle in den Allerwertesten schieben, um alles durchzuspülen. Kein besonders schönes Erlebnis, auch nicht für Ihre Frau! Ein Einlauf mein Lieber, das ist 'ne Radikalkur durchs Hinterstübchen, ha, ha, ha! Also, die Medikamente nicht vergessen und dann braucht das mit dem Einlauf nicht sein, können wir uns das merken? Morgens die ovale grüne Pille mit lauwarmem Wasser schlucken. Nachmittags dann so gegen drei Uhr zwei von diesen weißen Drops aus der lila Packung lutschen. Und abends, möglichst nach ein paar Kniebeugen und etwas Bewegung, einen Teelöffel von diesen Tropfen auf Zucker träufeln. Nee, lassen wir das mal, ich schreibe besser alles auf."

„Geht schon klar, Doktor", Jakob blieb Pauls angespannter Gesichtsausdruck nicht verborgen, lesen und schreiben gehörte nicht unbedingt zu seinen Stärken, „ich kriege das schon hin. Zweimal am Tag und einmal abends, darauf können Sie sich verlassen. Ich lasse meine Alte doch nicht an meinem Hintern fummeln."

„Haben wir denn sonst noch irgendwelche Beschwerden", wollte Pauls Leibarzt, jetzt aber wegen dem Termin auf dem Tennisplatz mit leicht gereiztem Unterton in der Stimme, von ihm wissen. „Ich muss nämlich noch Hausbesuche erledigen, alles dringende Fälle."

„Ja", krächzte Paul Klein, „ich habe immer öfter Kratzerei im Hals und außerdem so etwas wie einen Drehschwindel. Weiß nicht, ob ich mich richtig ausdrücke, habe wohl ein Reibeisen verschluckt und in der Birne dreht sich alles und ich werde manchmal ganz wuschelig."

„Das mit dem Kratzen im Hals kommt vom übermäßigen Alkoholkonsum und der Drehschwindel bestimmt auch, aber Sie wollen ja nicht auf mich hören. Wie oft habe ich Sie gewarnt, trinken Sie nicht solche Mengen, Herr Klein. Gegen die Kratzerei im Hals kann ich in Ihrem Fall nicht viel machen, aber wie ist das mit dem Drehschwindel? Nur morgens oder auch tagsüber?"

„Nee, nur morgens, wenn ich aufstehe. Ich merke es, wenn ich hochkommen will, es fängt sofort im Kopf an und dreht sich. Dann tauche ich aber sofort wieder ab und lege mich lieber noch 'ne halbe Stunde hin. Manchmal hilft das, sonst drehe ich mich auf die andere Seite und probiere, ob es da vielleicht besser wird."

„Na ja, das hört sich nicht so gut an, ich schreibe uns mal etwas dagegen auf. Abends, bevor wir ins Bett gehen, zwei Tabletten davon in einem Glas Wasser auflösen und runter damit, aber nicht mit Alkohol, Herr Klein! Auflösen in Wasser und dann in einem Zug runter. Schmeckt nicht besonders, weiß ich selber, muss aber sein!"

Pauls Arzt war kein guter Doktor, dafür aber ein ausgebuffter Geschäftsmann. Einer, der nur daran Interesse hatte, dass er mit seiner Praxis reichlich Gewinn machte. So amüsierte Jakob sich über dessen Gedankengang: ‚Wenn der Klein abends das Zeug einnimmt, dann kann er natürlich nicht einschlafen. Geht ja nicht, die peitschen die Stimmung erst mal nach oben. Dann wird er eben wieder zu mir kommen und deswegen maulen. Nun gut, dann schreibe ich ihm eben etwas gegen seine Schlafstörung auf. Werden dann noch ein paar Pillen mehr am Tag und das wird seiner Kratzerei im Hals nicht unbedingt förderlich sein. Aber schließlich gibt es dagegen ja auch ein Pülverchen.'

Jakob bemerkte, dass Paul beängstigend dürre geworden war, und mit seinem linken Bein schien etwas nicht in Ordnung zu sein. Paul humpelte und brauchte einen Stock. Jakob hatte Mitleid mit seinem alten Kumpel. Er hätte ihm liebend gern empfohlen, schnellstens den Doktor zu wechseln.

Jakobowsky lehnte sich zurück und schloss die Augen, er war tief beeindruckt, konnte es kaum fassen. Der Allmächtige war in der Lage, von seiner Warte aus alles, aber auch wirklich alles, auf dem Erdball zu beobachten. Jede Kleinigkeit konnte er wahrnehmen, jeden Gedanken erfassen und jeden Ton hören. Datenschutz schien aus himmlischer Sicht unbekannt zu sein! Aber wieso zeigte ihm der Herrgott das alles? Etwa um seine göttliche Übermacht zu demonstrieren? Oder um dem Jakob zu zeigen, dass er schalten und walten kann, wie er will und wie er es für richtig hält? Wollte er damit erreichen, dass Jakob klein beigab? Jakobowsky konnte sich wahrhaftig keinen Reim darauf machen. Ihm war es nur unangenehm, dem Allmächtigen gleich wieder unter die Augen zu treten. Immerhin hatte der ihn in pikanten Situationen erlebt, in denen Jakob glaubte, für sich allein zu sein. Egal, das war nicht zu ändern und spielte eigentlich auch keine große Rolle. Jakob erhob sich aus seinem Sessel und läutete. Es dauerte nur einen Moment, bis der Herrgott eintrat. Er blieb stehen, sah nachdenklich auf den Globus und zeigte mit seinem göttlichen Finger runter auf diese eigenartige Insel.

„Nun sieh dir bloß dieses Chaos an, Jakob. In England wird mal wieder gestreikt. Stellen die ihre Lastwagen doch kreuz und quer über die Fahrbahn und ganz London ist natürlich mal wieder dicht. Engländer pflegen offensichtlich ihre zwei Hobbys und den einen Albtraum, Pferdewetten, Streiks und verlorene Fußballspiele gegen Deutschland. Was meinst du, weshalb ich es bei denen so häufig regnen lasse? Hätten sie mehr trockene Tage, dann würden die Briten bei schönem Wetter doch noch häufiger auf die Straße rennen und nach neuen Streikmöglichkeiten Ausschau halten. Wenn aber so ein renitenter Arbeiter nach seiner dritten Arbeitsniederlegung innerhalb einer Woche völlig durchnässt nach Hause kommt, dann hat er wegen der nassen Kleidung entweder die Grippe oder die Nase gestrichen voll. Aber nun zu dir, Jakob. Du fragst dich sicher, weshalb ich dich in der himmlischen Warte mit all diesen imposanten Eindrücken alleine ließ. Auch wirst du wissen wollen, was dies wohl mit deiner Entscheidung zu tun haben könnte, nicht wahr? Ich werde es dir erklären, hör mir genau zu und lass dich nicht vom Geschehen auf der Erde ablenken. Schau besser überhaupt nicht nach unten. Du hast gesagt, du würdest deine Tage zählen und auch, dass du darüber ausgesprochen unglücklich bist. Jakob, ich habe es mir durch den Kopf gehen lassen und sage dir, ich kann dich verstehen und ich mache dir einen anderen Vorschlag. Hör ihn dir an und danach tust du, was nur du allein für richtig hältst. Ich werde dir jetzt dein Leben von hier aus zeigen, bis hin ins Säuglingsalter. Du wirst deinen eigenen, ganz besonderen Lebensweg vor Augen haben. Danach musst du dich entscheiden, ob du wieder zurück auf die Erde willst und unser Experiment fortsetzt. Du kannst natürlich auch gleich für immer bei uns bleiben. Niemand wird versuchen dich umzustimmen, bist du einverstanden?"

„Von hier aus kann ich also mein Leben beobachten? Ja, das würde ich gerne tun und ich verspreche, dass ich danach eine Entscheidung treffe. Aber mir redet bestimmt niemand rein?"

„Nein Jakob, das Versprechen habe ich auch dem Petrus abgenommen. Wenn du zurück auf die Erde gehst, dann werde ich dich natürlich alles wieder vergessen lassen. Wollen wir anfangen?"

„Ja, ich bin bereit."

„Nun Jakob, dann nimm diesen weißen Stab in beide Hände und schaue runter auf den Erdball. Konzentriere dich, du brauchst dazu viel Zeit."

Er studierte Betriebswirtschaft und das letzte Jahr an der Uni wollte und wollte kein Ende nehmen. Als man dem erfolgreichen Absolventen Jakobowsky sein Diplom überreichte, hätte er am liebsten die ganze Welt umarmt. Unter den geladenen Gästen befanden sich – mit stolzem Blick, trotz feuchter Augen – auch Jakobs Eltern! Genaugenommen hatte Jakobowsky die ganze Tortur nur ihretwegen auf sich genommen. Wäre es nach ihm gegangen, hätte er sich direkt nach dem Abitur eine kaufmännische Stelle gesucht. Aber sein ehrgeiziger Vater bestand aufs Studium. So biss Jakob in den sauren Apfel und schrieb sich an der Uni ein.

An dem Abend lud Jakob seinen Freundeskreis ins ‚Deutsche Eck' ein. Die Kostenübernahme hatte schon vor einem halben Jahr sein so überaus erwartungsvoller Vater bei erfolgreichem Abschluss des Studiums in Aussicht gestellt. Wenn dieser jedoch geahnt hätte, was mittellose Studenten in der Lage waren zu essen und was für noch erheblichere Mengen zu versaufen, dann hätte er sich das mit seiner Freigebigkeit bestimmt anders überlegt. So verließ eine glückselige Clique von ehemaligen Studenten morgens gegen halb vier grölend und auf äußerst wackligen Beinen das Wirtshaus. Jakobs Vater war um mühsam zusammengesparte zweitausendvierhundertsiebzig Mark, zuzüglich einem Zwanziger Trinkgeld, ärmer.

„Aber jetzt sehe ich doch tatsächlich auch mal meine Eltern. Ich hatte schon den Verdacht, man hätte mich aus 'nem Hühnerei ausgebrütet. Wieso sehe ich sie überhaupt jetzt erst?"

„Jakob, eigentlich wollte ich es dir ersparen, aber ich muss es dir wohl sagen. Deine Eltern sind tödlich verunglückt. Bei einem Verkehrsunfall in Südfrankreich, es war grausam."

„Nun ist mir auch klar, weshalb ich vorher nie etwas von ihnen gehört und gesehen habe. Das finde ich wirklich traurig. Lass mich mein Leben weiter beobachten, ich fange sonst noch an zu heulen."

„Wenn du unseren Test fortsetzt, dann wirst du natürlich noch viele Jahre bei deinen Eltern sein. Also Jakob, nimm bitte wieder den Stab in deine Hände."

Um in der Adria zu baden, war das Wasser dann doch noch etwas zu kalt. Jakob war Anfang Mai mit seiner frisch Angetrauten auf Hochzeitsreise Richtung Italien unterwegs. Als er von der langen Fahrt die Schnauze voll hatte, bog er einfach von der Autostrada ab. So landete man in Bibione. Marita hatte sich auf Bari gefreut und deshalb gab es den ersten kleinen Missklang. Aber Bibione gefiel beiden auf Anhieb. Da sie in der Vorsaison unterwegs waren, hielt sich der Trubel in Grenzen. In einer ruhigen Seitenstraße buchten sie in einem kleinen Familienhotel ein Doppelzimmer.

Die folgenden sechs Tage und Nächte fühlten sie sich wie im siebten Himmel. Sie waren selten am Strand, weil sie noch seltener aus ihrem Doppelbett herauskamen. Jakob musste das Zimmermädchen Sophia mit Bündeln an Lira bestechen, damit man ihn und Marita in Ruhe ließ und sie bei ihnen nicht aufräumte. Sophia nahm letztlich das Bestechungsgeld angesichts der finanziellen Schieflage in ihrer Großfamilie dankend an. Andererseits hätte es natürlich auch ihren Job kosten können.

Am siebten Tag ihrer Hochzeitsreise brauten sich die ersten dunklen Wolken über ihren Köpfen zusammen. An dem Vormittag mussten sie zwecks notwendiger Aufräumarbeiten und einer resoluten Sophia, Jakob hatte keine Geldscheine in der Tasche, das Doppelzimmer verlassen. Also schlenderten sie zum Strand und Jakob machte den Vorschlag, bis nach Lignano zu wandern. Marita schien darüber nicht besonders begeistert zu sein. Sie war nur gut zu Fuß, wenn irgendeine gastronomische Einrichtung angesteuert wurde. Mürrisch willigte sie dann aber doch ein. Barfüßig am Sandstrand und im seichten Wasser waren die ersten Kilometer auch nicht unangenehm. Lignano war fast erreicht, als sich ihnen ein Hindernis in den Weg stellte. Der Tagliamento zeigte sich in seinem hübschesten Grün und er war so sauber, dass man bis auf den Grund sehen konnte. Die Strömung des Flusses und dessen Tiefe machten Marita Angst und sie weigerte sich, ans andere Ufer zu schwimmen. Jakob versuchte sie zu überreden, doch Marita blieb stur und wurde bockig.

„Wenn wir nun schon mal hier sind, dann sollten wir das kurze Stück bis Lignano packen. Stell dich doch bloß nicht so an, schwimmst direkt neben mir und dir kann schon nichts passieren. Wer weiß, ob wir jemals wieder nach hier kommen."

„Nein, in den Fluss kriegen mich keine zehn Pferde, auch du nicht! Ich will sofort zurück!"

„Dann geh zurück, verlaufen kannst du dich ja nicht. Ich jedenfalls schwimme jetzt rüber und gönne mir drüben ein schönes Bier. Also, bis heute Abend."

Diese Bagatelle versaute ihnen zwei wertvolle Urlaubstage.

„Allmächtiger, dass ich mit der Frau noch einmal die schönsten Jahre meines Lebens teilen soll, es ist ja wegen dem Test nicht zu ändern. Aber könnte man das Luder nicht vielleicht mit einem Stein beschweren und direkt in den Fluss schmeißen? Ein paar fette Luftblasen von Marita und ich brauchte die ganze Tortur mit ihr nicht erleben."

„Reiß dich zusammen, Jakob! In meinem Beisein wird niemand ersäuft! Du solltest wissen, dass manche Dinge unvermeidlich sind. Sonst würde mit deinem Lebensweg vorne und hinten etwas nicht stimmen. Du kannst schließlich nicht mit Marita verheiratet gewesen sein, ohne sie jemals geheiratet zu haben. Nein Jakob, Regeln und Abläufe müssen eingehalten werden, da kommen wir nicht drum herum."

„Ich will aber davon nichts sehen, es reicht mir."

„Doch Jakob, schließlich musst du wissen, wie und wo du deine Marita kennenlernst."

„Schöner Mist, wenn's unbedingt sein muss, tue ich mir das an und guck eben runter."

Stolz wie Oskar fuhr Jakob mit dem soeben gebraucht erworbenen Käfer vom Hof des Autohändlers. Er hatte sich fest vorgenommen, auf keinen Fall mehr als die mühsam ersparten dreitausend Mark auszugeben. Aber wie meist in solchen Fällen reichte das Geld deshalb nicht, weil Jakob in der Ausstellungshalle sofort ein bestimmter Wagen ins Auge stach und er sich prompt in das Gefährt verliebte. Er wusste auf Anhieb, der rote Käfer dahinten wird meiner, sonst keiner! Für das Schmuckstück verlangte der Händler achthundert Mark mehr als dem Studenten Jakob zur Verfügung stand. Unser Protagonist unternahm ein paar schüchterne Anläufe zu handeln, aber dagegen schien der Händler auf beiden Ohren taub zu sein. Da er partout nur dieses Auto wollte, hatte Jakob urplötzlich Schulden. Der Händler zeigte sich einsichtig und schlug vor, die fehlenden achthundert Mark in monatlichen Raten von fünfzig Mark abzustottern. Das konnte Jakob sich, würde er den Brotkorb höher hängen, gerade mal so leisten. Während er dem Händler beim Schreibkram zusah, nahm Jakob sich vor, ab sofort Margarine statt Butter aufs Brot zu schmieren. Auch durfte er nicht mehr tagelang versehentlich in seinem Mansardenzimmer das Licht brennen lassen und die Heizung nur noch anschalten, wenn es in der Winterjacke zu kühl wurde. Sonntags musste aufs Fleisch verzichtet werden und die großen Sausen innerhalb der Woche wurden gestrichen. Monatlich nur noch einmal freitags wollte er über die Stränge schlagen. Er steuerte seinen roten Käfer vom Hof des Händlers. Da zufällig der erste Freitag im Monat war, fuhr Jakob ins Tanzlokal am Stadtpark.

Jakob parkte sein rotes Prachtstück in der Nähe des Eingangs und betrat danach forschen Schrittes das Lokal, in dem schon Studienfreunde die Theke blockierten. Er überredete sie mit nach draußen zu kommen und wenige Augenblicke später standen alle um Jakobs roten Käfer herum und bewunderten das gute Stück.

„Da kann man ja richtig neidisch werden. Also, ich könnte mir so ein starkes Teil beim besten Willen nicht leisten. Und meinen alten Herrschaften brauche ich wegen so etwas erst gar nicht zu kommen, die würden freundlich grinsend abwinken. Komm Jakob, vier Mann passen da doch bestimmt rein, lass uns 'ne Probefahrt machen."

Als Jakob mit seinen Freunden zurück zum Stadtpark kam, sah er die beiden Mädchen, die in dem Moment das Lokal betraten. Von der Dunkelhaarigen im geblümten Kleid war er sofort angetan. Nachdem Jakob den Käfer abgestellt hatte, blickte er sich drinnen nach ihnen um und entdeckte beide an einem Ecktisch. Bei der nächsten Musik würde Jakob die Dunkelhaarige zum Tanz auffordern. Er sah zu ihr rüber und bildete sich ein, dass sie seine Blicke erwiderte. Als die Kapelle die unendlich lang andauernde Tanzpause beendete, stürmte er quer durch den Saal zu ihr. Er war noch nicht ganz angekommen, da sah Jakob, wie sie mit einem smarten Schönling zur Tanzfläche lief. Jakob war tief enttäuscht!

„Hallo, was ist denn mit Ihnen los? Wollten Sie mich nicht gerade auffordern oder haben Sie den Mut verloren? Na, kommen Sie, ich würde ganz gerne tanzen."

Die Freundin der Dunkelhaarigen hatte er natürlich nicht im Visier gehabt. Sie sah ganz passabel aus, dennoch kein Vergleich. Aber warum sollte er nicht mit ihr tanzen?

„Ich heiße übrigens Marita, und Sie?"

„Jakob, Jakob Jakobowsky, entschuldigen Sie, ich war mit meinen Gedanken woanders."

Ehe er sich versah, packte sie ihn am Arm und zog Jakob auf die Tanzfläche. Er suchte krampfhaft nach einem Thema, doch Marita nahm das unkompliziert in die Hand.

„Jetzt könnten Sie mir doch die geniale Frage stellen, ob ich öfter nach hier komme. Ich will Sie nicht auf die Folter spannen, freitags eigentlich nie. Meistens sind wir am Samstag hier, aber meine Freundin kann morgen nicht. Was machen Sie so, wenn man fragen darf."

„Ich studiere Betriebswirtschaft, habe aber alles bald hinter mir. Darüber möchte ich jetzt nicht weiterreden, viel wichtiger ist, dass ich mir heute meinen ersten fahrbaren Untersatz zugelegt habe. Wollen Sie ihn sich mal ansehen und mit mir vielleicht eine kurze Probefahrt machen?"

„Aber hallo, Sie haben's aber eilig! Wir kennen uns doch erst seit ein paar Minuten. Nur, wenn ich es mir recht überlege, warum eigentlich nicht? Ich interessiere mich nämlich für Autos. Moment, ich sage nur noch meiner Freundin Bescheid."

Nach einigen Runden um den Block, Marita war von dem Wagen hellauf begeistert, steuerte Jakob seinen roten Käfer Richtung Stadtwald und hielt unter einer großen Buche. Wenig später zeugten beide auf dem Rücksitz den Sohn Erich.

Jakob warf den Stab auf den Boden und tobte.

„Nein, das werde ich mir nicht weiter ansehen! Was war ich bloß für ein Hornochse! Mensch, hätte ich mich doch in mein neues Auto gesetzt und wäre an dem Freitag gleich zu mir in die Wohnung gefahren. Aber nein, ich muss natürlich unbedingt in das Lokal, um dieses hintertriebene Miststück anzubaggern. Und dann habe ich Trottel mich nicht in der Gewalt und mache mit ihr gleich am ersten Abend den missratenen Erich. Warum habe ich mich nicht intensiver um ihre Freundin bemüht? Sie war außerdem viel hübscher und den einen Tanz mit diesem Schönling hätte ich auch noch abwarten können. Das soll ich also noch einmal alles auf mich nehmen? Allmächtiger, könnten wir denn nicht wenigstens das Thema auslassen? Es muss doch wirklich nicht sein, dass ich ständig mit dieser Frau konfrontiert werde."

„Doch Jakob, du sollst schon all das erfahren, was dich erwartet. Aber jetzt hat es sich mit deiner Marita schließlich auch erledigt. Du hast doch eben gesehen, wie ihr euch kennengelernt habt. Davor spielt sie in deinem Leben keine Rolle. Nur, dass ihr nach kurzer Zeit gleich miteinander intim werden musstet, da haben wohl wieder deine Hormone verrückt gespielt. Ich verstehe aber auch die Marita nicht. So ein junges Ding sollte doch ihre Triebe wenigstens anstandshalber für eine kurze Zeit im Zaum halten können."

„Na ja, die war eben damals schon ziemlich versaut."

„Du etwa nicht? Aber lassen wir das. Was du bisher gesehen hast, was sagst du dazu?"

„Die Sache mit dem Auto und der Abschlussfeier war gut, den Rest würde ich lieber ungeschehen machen. Wenn sich das fortsetzt, dann bleibe ich mit Sicherheit bei euch."

„Werde bloß nicht ungeduldig, Jakob. Du machst jetzt einfach eine Pause und siehst dir alles Weitere morgen an, wir haben viel Zeit."

„Ja, das ist eine gute Idee. Immer wenn's um meine Ehemalige geht, kriege ich einen dicken Hals. Ich guck mal bei Karlchen Küster rein, werde mir anhören, was er dazu sagen wird."

Als er sich zu Karlchen mit an den Tisch setzte, war Jakob immer noch deprimiert. Sein Freund schien in dem Moment auch keine wirkliche Hilfe zu sein, die Versuche, unseren Protagonisten zu trösten, blieben erfolglos. Als Küster vorschlug, um auf andere Gedanken zu kommen, ein wenig durch die Himmelslandschaft zu schlendern, willigte Jakob sofort ein.

„Hab meine Jacke schon an, meinetwegen können wir gehen."

Die himmlischen Vorzimmerdamen lächelten den beiden huldvoll zu. Anna auch, aber die wiederum grinste verheißungsvoll. Gut, dass Karlchen Küster es nicht bemerkte, ihm hätte es die Beine unterm Hintern weggehauen. Er steuerte hinter den Büros gleich den ersten Gang auf der rechten Seite an. Jakob hielt ihn am Arm fest.

„Bloß nicht hier lang, da hinten hat doch mein Trauma ihre Himmelsstube. Wenn Marita mir jetzt auch noch über den Weg latschen sollte, dann könnte ich für nichts garantieren. Lass uns lieber hier links runter, da wohnt außerdem Adolf Hitler. Hast du Lust, wollen wir den Wahnsinnigen mal besuchen?"

„Meinetwegen, aber woher weißt du, in welcher Himmelsstube der Chaot haust?"

„Ich habe ihn doch früher schon mal besucht, das ist vielleicht 'ne Marke. Damals lief er in kurzen Hosen durch die Gegend und verwaltete seine Kriegsspielsachen. Die Eva Braun tauchte auch irgendwann auf, das ist vielleicht ein Gespann! Achte mal darauf, was Hitler für Gedankensprünge macht. Moment, ich glaub, hier ist es schon."

Jakobowsky klopfte an, aber es meldete sich niemand. Er fasste auf die Klinke und öffnete die Tür einen Spalt.

„Hallo Adolf, bist du zuhause? Wo steckst du denn, ich höre dich doch schnaufen. Komm rein, Karlchen, Adolf wird schon irgendwann auftauchen."

Und in der Tat, kurze Zeit darauf kam Hitler, auf allen vieren kriechend, unter dem Bett hervor. Er schien erleichtert, als er Jakobowsky bemerkte. Karlchen konnte ein Grinsen nicht unterdrücken. Es war aber auch ein Anblick für die Götter. Hitlers prächtige Glatze war völlig verstaubt und sein imposanter Schnauzer mit Spinnweben verunstaltet. Hitler erhob sich und klopfte den Dreck aus seinen Klamotten. Er trug noch immer den tadellos sitzenden braunen Anzug mit den kurzen Knabenhosen. Weiße Kniestrümpfe verzierten seine dünnen Beinchen und die wiederum steckten in klobigen Schnürstiefeln. Hitler strafte Karlchen Küster mit einem verächtlichen Blick, er wandte sich dann aber an Jakob.

„Du wieder mal hier? Warte, nichts sagen, mir fällt dein Name schon noch ein."

Hitler sah den Jakob prüfend an, dann huschte ein Lächeln über sein Gesicht.

„Aber natürlich, dein Kamerad Adolf ist schließlich nicht verkalkt, soll mich bloß keiner unterschätzen. Du bist der Jakob Jakobowsky, richtig? Der, den man den ganzen Humbug da unten noch einmal machen lässt. Ich vergesse nie etwas, bin ganz schön schlau, was? Habe 'nen Gedächtnis wie ein Elefant. Egal, dir sollte ich eigentlich böse sein, du warst lange nicht mehr hier. Wolltest mich öfter mal besuchen, aber so etwas kennt man ja, erst versprechen und dann brechen. Wer ist denn dieser dreiste

Schnösel, den du, ohne mich vorher um Erlaubnis zu fragen, mit angeschleppt hast? Der ungezogene Lümmel hat doch jüngst tatsächlich über mich gelacht. Junger Mann", er drehte sich um und sah Karlchen mit weit aufgerissenen Augen an und geiferte, „ich habe schon den halben Erdball umgekrempelt, davon kann so ein Nichtsnutz, wie Sie es sind, nur träumen. Ich habe Weltgeschichte geschrieben, werde noch heute verehrt, merken Sie sich das! Über einen Adolf Hitler lacht man nicht, nehmen Sie gefälligst Haltung an!" Und wieder an Jakobowsky gewandt säuselte er: „Trotzdem Jakob, willst du uns nicht endlich bekannt machen?"

Jakobowsky stellte die beiden Herren einander vor. Man gab sich in aller Form die Hand. Hitler sah Karlchen Küster prüfend an.

„Küster", grantelte Hitler, „Küster ist auch so ein Allerweltsname, bringe ich mit nichts in Verbindung. Demnach sind Sie also keine bedeutende Persönlichkeit, so wie ich es bin, richtig? Schon länger Gast hier oben?"

Ohne eine Antwort abzuwarten, wandte Hitler sich wieder an Jakob.

„Wo hast du das große Paket? Steht doch hoffentlich nicht noch draußen vor der Tür, so etwas wird nämlich sofort geklaut. Alles Ganoven hier oben, wo ist nun das Paket?"

„Was denn für 'nen Paket?"

„Jakob Jakobowsky, jetzt werde ich aber langsam böse! Was denn für 'nen Paket, was denn für 'nen Paket? Frag doch nicht so bescheuert! Meine Zinnsoldaten meine ich natürlich! Solltest du sie vergessen haben, dann möchte ich nicht in deiner Haut stecken. Also, wo hast du sie? Ich und Eva essen deswegen schon auf der Bettkante, weil ich nach deinem letzten Besuch gleich unseren Tisch dahinten abgeräumt und die Landschaften draufgebaut habe, um berühmte Schlachten nachzuvollziehen. Da müssen jetzt nur noch die Zinnsoldaten hin, gib sie mir! Du guckst, als hättest du ein schlechtes Gewissen. Nein", Hitler stampfte wütend mit dem Fuß auf den Boden, „sag mir jetzt nicht, dass du sie vergessen hast. Eva Braun hat bei deinem letzten Besuch alles gehört, sie ist mein Zeuge! Wenn's deswegen zur Verhandlung kommt, dann hast du ganz schlechte Karten. Eva wird bestimmt gegen dich aussagen, ätsch! Aber ich frage sie gleich mal. Verdammte Scheiße, wo steckt bloß das Weib? Ach so, Goebbels und

Himmler werden von mir geschmiert. Warum? Sage ich aber nicht. Wie kommt ihr hier überhaupt rein? Die Tür hatte ich doch fest verrammelt."

„Nee, die war nicht zu. Wir wollten eigentlich nur mal sehen, was du so machst. Aber wenn du mit uns meckerst, dann hauen wir eben wieder ab."

„Bitte nicht verpissen, ich kriege doch sonst nur noch ganz selten Besuch. Jetzt wirst du aber auch ein bisschen ungerecht zu mir, ich meckere doch nicht mit euch. Nur, vorhin machte sich der Herr Küster über mich lustig, so etwas tut mir auch weh! Und danach kommt raus, dass du meine Zinnsoldaten vergessen hast. Ich bin nur traurig, weil ich so gerne mit den Figuren spielen würde. Na ja, du kommst bestimmt bald wieder, muss der liebe Adolf eben auf deinen nächsten Besuch warten. Aber nicht noch einmal vergessen, ich kann zur unkontrollierten Mistsau werden! Den Herrn Küster bringst du auch nicht wieder mit, verstanden? Über den Führer zu lachen lasse ich mir nicht gefallen! Kommst allein, bringst die Zinnsoldaten rein und lässt deinen ungehobelten Freund auf dem Flur warten, klar? Ich muss euch noch was sagen, Moment."

Hitler ging zur Tür, öffnete sie einen Spalt und blickte vorsichtig zuerst nach links, danach rechts den Flur runter. Draußen sah und hörte er nichts, deshalb riegelte Adolf H. erleichtert von innen ab.

„Also, kann ich mich wirklich auf euch verlassen? Jakob, dein Freund ist hoffentlich kein himmlischer Spion, oder? Ein Sterbenswörtchen an die Konsorten hier oben und ich kann einpacken. Ich bin dabei, unter meinem Bett einen Tunnel in den Untergrund zu graben. Habe neulich erst damit angefangen, geht verdammt schwer. Wenn der Durchbruch gelingt, dann wollen Himmler, der Goebbels und ich uns da unten verstecken. Wir werden in Ruhe eine Sauerei ausbrüten, um den Laden hier aufzumischen. Was für eine Sauerei das sein wird, sage ich aber nicht. Wir brauchen nur noch mehr braune Klamotten, damit alles so wird wie damals im Bunker. Eva wird uns was einfärben müssen. Verdammte Sauerei, Himmler und Goebbels sind richtig faule Schweine geworden. Meint ihr etwa, dass die mir helfen? Nichts da, Goebbels sitzt mit seinem Arsch im Sessel und popelt und der Himmler traut sich neuerdings an die ganz große Literatur. Er hat sich aus der Bücherei den *Struwwelpeter* geholt und blättert von morgens bis abends darin rum. Will sich weiterbilden, sagt er, und dabei guckt er mich immer so seltsam an. Auf die Idee, mir zu helfen, kommt keiner. Macht Adolf das eben alleine, auch nicht zu ändern! Habt ihr eigentlich draußen auf dem Flur die Eva Braun gesehen? Sie geht mir langsam, aber sicher wirklich auf den Keks! Ständig ist die unterwegs. Und wenn ich sie frage, dann sagt sie mir, sie sei überall und nirgendwo. Dass dies Luder sich man bloß nicht mit anderen Männern rumtreibt, dann müsste ich sie versohlen. Eva wollte mir Glasmurmeln besorgen, die verteile ich vor meinem Bett. Wenn ich nämlich den Bunker ausgrabe und jemand nach mir sucht, dann tritt der unweigerlich auf die Kugeln, fällt auf die Schnauze und bricht sich den Hals. Eva Braun ist nun aber schon seit Ewigkeiten verschwunden. Dein Freund ist wirklich kein eingeschleuster Spion? Ich traue hier oben keinem. Nicht, dass Herr Küster mich nachher noch verpfeift und unser Geheimplan mit dem Bunker auffliegt. Wieso habe ich euch davon überhaupt erzählt? Habt ihr Halunken mich etwa ausgehorcht?"

„Nee Adolf, damit bist du von alleine gekommen."

„Papperlapapp, ihr müsst mich ausgefragt haben! Aber wieso weiß ich denn davon nichts mehr? Ihr habt mir doch hoffentlich nicht etwas in meine Zitronenbrause getan? Weshalb sollte ich euch sonst so ein höchst wichtiges Geheimnis verraten? Egal, nun ist es raus und ihr haltet das Maul, verstanden? Herr Küster, hätten Sie nicht vielleicht ein paar Zinnsoldaten für mich dabei? Gucken Sie doch mal in Ihren Hosentaschen nach, soll auch nicht Ihr Schade sein. Sie dürften mich duzen und mit mir spielen, Ihren Freund Jakob würden wir natürlich vorher aus dem Zimmer schmeißen. Ach ja, in unseren Geheimplan würde ich Sie natürlich mit einweihen, das wäre selbstverständlich. Na, wie sieht's denn nun mit den Zinnsoldaten aus, Herr Küster, haben Sie welche dabei oder nicht?"

„Nein, so was wie Zinnsoldaten trage ich nicht mit mir herum. Warum besorgen Sie sich denn hier oben keine?"

„Daran sieht man, dass sie keinen blassen Schimmer haben! Alles, was mit ‚peng peng' zu tun hat, ist doch für die hohen Herren wie Petrus und seinen Chef ein rotes Tuch. Mussolini soll ein paar Knallerbsen eingeschmuggelt haben. Weiß aber nicht, ob das stimmt. Sie haben daraufhin seine ganze Bude auf den Kopf gestellt, jedoch nichts gefunden. Sonst gibt's hier in dem Scheißladen keine Munition oder so was und Mussolini hütet seine Knallerbsen wie einen Schatz. Als er mal richtig krank war, da wollte ich das Knallzeug gegen meine Flasche Hustensaft, die hatte mir Goebbels und Himmler zu Weihnachten geschenkt, eintauschen. Das Zeug hätte ihn sofort wieder auf die Beine gestellt. Aber nein, der italienische Sturkopf hat mich nur angegrinst und sich dabei fast die Lunge aus dem Hals gekotzt, seine Knallerbsen hat der nicht rausgerückt. Na ja, ich muss mir wohl was ausdenken. Ich werde eben bei Petrus irgendwas über 'ne Waffensammlung von Mussolini erzählen. Dann nehmen die noch mal seine Bude auseinander. Apropos Petrus, du hast doch einen guten Draht nach oben. Sag mal, Jakob, vögelt der olle Zausel etwa mit Anna?"

„Kann ich doch nicht wissen, aber beide teilen sich schon länger eine Himmelsstube."

„Dann bespringt er sie auch! Als Kind hat mir mein Papa erzählt, dass Petrus nur fürs Wetter verantwortlich sei. Wenn's draußen gepinkelt hat, rief er mich ans Fenster. Dann zeigte mein Papa auf den Inn und murmelte: ‚Sieh mal, mein Sohn, der Petrus sorgt heute wieder dafür, dass unser schöner großer Fluss nicht austrocknet.' Dabei haben wir voller Ehrfurcht die braunen Wassermassen bestaunt und mein lieber Papa hat mir übers Haar gestreichelt. Damals habe ich es geglaubt, doch heute kann mir keiner mehr weismachen, dass Petrus etwas mit dem Wetter am Hut hat. Ich hätte ihm sonst schon längst eine geknallt, denn dann wäre er schließlich im Winter 1942/43 für das Schneechaos und die mörderische Kälte bei Stalingrad verantwortlich gewesen. Nee, Petrus kümmert sich einen Dreck ums Wetter, der hat nur seine Weiber im Kopf. Gut, dass das mein Papa nicht mehr mitgekriegt hat. Verdammt, wo bleibt die Eva nur mit diesen blöden Glaskugeln? Ich bin müde und muss mich hinlegen, war ein anstrengender Tag heute. Hat mich gefreut, meine Herren. Besuchen sie mich bald wieder, aber nur nach Anmeldung und mit Zinnsoldaten im Gepäck. Ist doch ein Unding hier einfach so aufzukreuzen und dann auch noch ohne Geschenke! Ich musste mir außerdem die ganze Zeit euer belangloses Gequatsche anhören, jetzt reißt mir aber der Geduldsfaden! Immerhin stecke ich mittendrin in äußerst delikaten Geheimoperationen. Das erfordert höchste Konzentration und im Übrigen habe ich meine Zeit auch nicht geklaut! Nun aber schleunigst raus mit euch Lumpenpack, Adolf muss nachdenken."

Vor der Tür hörten beide noch, wie Hitler laut und innbrünstig das Lied von der gestohlenen Gans und dem Fuchs sang.

„Meine Güte, der ist ja total verblödet. Ich habe nur darauf gewartet, dass er uns zu einer Runde ‚Schwarzer Peter' oder mich zum Tangotanz auffordern würde. Du hast ja mitbekommen, dass ich vorhin kaum noch an mich halten konnte. Nee Jakob, Hitler ist der absolute Oberhammer! Ich würde gerne mal Goebbels und Himmler treffen, zusammen müssen die ja ein abstruses Trio sein."

„Die beiden anderen Chaoten sind mir auch noch nicht begegnet, vielleicht stellt Hitler sie mir mal vor. Ich habe gemerkt, dass du vorhin kurz vor einem Schreikrampf warst, ich hatte mich ja selbst kaum noch in der Gewalt. Man darf mit Hitler alles machen, nur veräppeln sollte man ihn nicht, dann wird die Knalltüte stinkig. Wollen wir noch etwas unternehmen?"

„Lass uns besser zurück in meine Himmelsstube gehen, du hast morgen wieder einen anstrengenden Tag beim Allmächtigen. Schließlich wirst du dein Leben bis hin zur Geburt verfolgen, das wurde noch keinem anderen Menschen geboten."

Herzensbrecher und Krätzekind

Jakob schlief schlecht in dieser Nacht, er stand morgens mürrisch auf und ging zu Anna ins Büro. Sie servierte ihm wie am Vortag ein fürstliches Frühstück. Nachdem er sich gestärkt und nur etwas lustlos mit ihr geflirtet hatte, fühlte Jakob sich schon bedeutend besser. Anna führte ihn danach wieder in die himmlische Warte. Auf dem Weg dahin begutachtete Jakob genüsslich ihren niedlichen Hintern. Er wurde aber abrupt durch die Worte des Allmächtigen aus seinen anrüchigen Träumen gerissen.

„Nun Jakob, du hast gestern gemeinsam mit deinem Freund unser Sorgenkind besucht? Solltest dich mit solchen Leuten nicht abgeben. Manchmal finde ich es schade, dass es keine Hölle gibt. Adolf Hitler und seine braunen Genossen hätten wir sonst bestimmt beim Satan einquartiert. Aber lassen wir das, kümmern wir uns lieber um deinen weiteren Lebensweg. Bist du bereit, Jakob?"

„Ja, ich habe den Knüppel schon in der Hand, meinetwegen können wir anfangen."

„Gut, aber die nächsten Jahre werden wir überspringen, da passiert nicht viel. Wir waren beim Schritt in dein Berufsleben angekommen, der Abgang von der Uni, lernst Marita kennen und schwängerst sie. Hast auch eine Zeit gegammelt, Drogen konsumiert und allseits Blödsinn verzapft. Davor jedoch kommt ein für dich ganz entscheidender Lebensabschnitt und den wirst du dir jetzt anschauen. Ich meine die Zeit der Pubertät und die ersten Kontakte mit dem anderen Geschlecht, deinem Lieblingsthema! Ich lasse dich jetzt alleine, bis du alles verarbeitet hast, danach rufst du mich."

Seit Wochen beobachtete Jakob seine heimliche Liebe, die bezaubernde Vera. Sie ging in die Parallelklasse, war blond, und wenn er es richtig deutete, konnte man den Ansatz wachsender Brüste unter ihrem strammen Pulli vermuten. In den Pausen rannte er so schnell wie möglich auf den Schulhof und hielt Ausschau nach ihr. Vera aber wurde auch von anderen Burschen mit begehrlichen Blicken bombardiert, das registrierte unser Protagonist mit Besorgnis. Er musste wegen der Anzahl, nicht unbedingt wegen Anmut und Liebreiz der Rivalen, mächtig auf der Hut sein! Jakob konnte sich im Unterricht nur noch schwer konzentrieren, meist grübelte er darüber nach, wie er es anstellen konnte, Veras alleinige Aufmerksamkeit zu erlangen. Einladung ins Kino, bei Übernahme sämtlicher Kosten, das war selbstverständlich! Aber könnte sie solch forsches Unterfangen vielleicht abschrecken? Auf der anderen Seite wollte er nicht warten, bis Vera hinterher vielleicht noch mit einem anderen „ging". Also nahm Jakob seinen ganzen Mut zusammen und sprach sie in der Pause an.

„Hey, habt ihr nach der nächsten Stunde auch Schluss?"

„Ja, nur noch Mathe beim alten Körner. Wieso?"

„Ach, eigentlich nur so."

Er hätte sich angesichts seiner Schüchternheit am liebsten selbst in den Hintern getreten. Außerdem fiel ihm partout nicht ein, wie er das Gespräch gestalten sollte, ohne noch mehr zu stümpern. Dafür ergriff zu seiner Überraschung Vera die Initiative.

„Eigentlich schade, meine Freundin ist krank. Wir wollten nach der Schule noch ein bisschen in der Stadt bummeln und nachmittags ins Kino. Egal, kann man nichts machen. Ist nur blöd, muss ich eben den ganzen Weg alleine nach Hause traben."

Das war die Gelegenheit! Der junge Jakobowsky nahm seinen ganzen Mut zusammen.

„Darf ich dir nachher die Tasche tragen? Du wohnst doch auch in der Südstadt."

„Klar, gehen wir zusammen, ist nicht ganz so öde. Wartest du am Kiosk auf mich?"

Meine Güte, die ging aber ran! Jakob bekam schlottrige Knie, natürlich würde er warten, egal wie lange es dauerte.

Im Unterricht hatte Jakob dann einen Geistesblitz! Auf dem Heimweg würde er Vera in die italienische Eisdiele einladen. Problem war nur, dass er vergessen hatte, Geld einzustecken. Jakob stieß seinen Banknachbarn an.

„Fritz, du musst mir unbedingt ein paar Kröten leihen, morgen bekommst du den Zaster zurück. Bestimmt, kannst einen drauf lassen. Ich muss nachher noch was in der Stadt besorgen."

„Kannst du haben, brauche aber morgen unbedingt die Kohle zurück, hab nämlich was vor."

„Ist doch Ehrensache, kriegst morgen alles zurück."

Friedrich Bäumer schob seinem Banknachbarn drei Mark unter der Bank zu, das sollte für zwei anständig große Eisbecher reichen.

Der Kioskbesitzer behielt den jungen Mann vor seinem Laden gut im Auge, in letzter Zeit häuften sich die Diebstähle. Der Pennäler stand schon mindestens zehn Minuten auf einem Fleck und trat nervös von einem Bein auf das andere. Dass Jakob Jakobowsky erwartungsvoll nur auf eine gewisse Vera wartete, konnte der Typ in dem Bretterverschlag nicht wissen. Nach weiteren zehn Minuten ungeduldigen Wartens erschien endlich Jakobs Schwarm.

„Bin ich sauer, der olle Körner musste natürlich mal wieder mächtig überziehen. Der hat keinen aus der Klasse gelassen, bevor nicht alle mit so einer selten blöden Aufgabe fertig waren. Puh, jetzt reicht es mir aber auch! Dachte schon, du wärst abgehauen."

„Kein Problem, bin auch erst eben eingetrudelt. Hast du Bock auf ein Eis? Ich lade dich ein."

„Wirklich?"

„Klaro, hab richtigen Gieper auf 'ne Kugel. Komm, gib mir deine Tasche."

In der Eisdiele konnte Jakob endlich die Reize seines Gegenübers aus nächster Nähe begutachten. Vera war intensiv mit ihrem Eisbecher beschäftigt und bemerkte nicht, wie Jakob sie taxierte und anhimmelte. Ihm gefiel diese blonde Mähne, Veras Gesicht bekam dadurch ein rassiges Aussehen. So, wie diese amerikanische Filmschauspielerin, von der er heimlich Fotos aus Illustrierten ausschnitt und unter seiner Matratze versteckte. Und ihre makellos reine Haut, ein Traum! Im Gegensatz zu seiner Visage störten keine unästhetisch aussehenden Pusteln den Gesamteindruck. Vera schien sich dezent zu schminken, aber das konnte er nicht mit absoluter Gewissheit beurteilen. Um so etwas mit Bestimmtheit sagen zu können, dafür hatte Jakob bis dato zu wenig mit dem anderen Geschlecht zu tun gehabt. Auch dass sie verführerisch duftete, war ihm nicht entgangen. Jakob war fest davon überzeugt, würde Vera sich dazu entscheiden, mit ihm zu gehen, wäre ihm der Neid aller Mitschüler sicher.

„Hey, wach auf, träumst du? Sieht aus, als galoppierten deine Gedanken mit dir durch."

Nachdem beide sich gleichzeitig durch die Tür drängelten, streifte er zufällig ihre Hand. Jakob hätte sich liebend gern selbst verprügelt, weil er Vera nicht den Vortritt ließ. Wie ein heißer Blitz schoss das Blut durch seinen Kopf und er stellte sich vor, wie es wohl sei, dürfte er Vera am ganzen Körper berühren. Auf der Straße nahm er seinen ganzen Mut zusammen und berührte noch einmal, natürlich wieder rein zufällig, ihre Hand. Als Vera keine Anstalten unternahm, sie zu entziehen oder ihm eine zu knallen, umklammerte er etwas ungeschickt ihre linke Hand. Jakob war deswegen so verwirrt, dass er stolperte und dabei beinahe aufs Maul gefallen wäre. Zu allem Unglück hätte er Vera fast auch noch mitgerissen. Sie lächelte ihn von der Seite an, sagte aber nichts. Er sollte nur nicht immer so furchtbar hölzern wirken. Daran war noch zu feilen und Jakob nahm sich fest vor, in Zukunft die hübsche Vera nicht so tölpelhaft zu umgarnen!

Dennoch, würde ein Dritter jetzt beide beobachten, stände für den Betrachter fest, „die zwei gehen miteinander".

Und darauf wurde Jakob am nächsten Tag in der Schule von allen Seiten angesprochen. Also waren er und Vera am Vortag wirklich zusammen gesehen worden. Banknachbar Friedrich Bäumer wollte wissen, ob zwischen Jakob und Vera etwas laufen würde. Als Jakobowsky ihn nichtssagend angrinste, meinte er, einen bekümmerten Gesichtsausdruck beim Banknachbarn zu erkennen.

„Hier Fritz, deine drei Mäuse zurück. So war's abgemacht und jetzt sind wir quitt. Dass ich dir dafür was über Vera und mich erzähle, vergiss es!"

Die Buschtrommel schien also zu funktionieren und Jakob war das nicht unsympathisch, ganz im Gegenteil. Neben Anerkennung über seine neue Eroberung hörte er auch viele missgünstige Sprüche. Aber die störten ihn nicht, wichtiger war das Gefühl, endlich erwachsen geworden zu sein, und der junge Jakobowsky nahm sich vor, ab sofort viel selbstbewusster aufzutreten. Er ging in der großen Pause wie selbstverständlich zu ihr. Vera stand mit ihren Schulfreundinnen im Kreis und sie steckten die Köpfe zusammen. Jakob also hin zu dem Pulk junger Damen. Als sie ihn bemerkten, wurde es mucksmäuschenstill. Jakob lächelte ganz cool und sprach Vera an: „Kannst du mal kommen?" Und sie ließ doch tatsächlich ihre Freundinnen stehen und flanierte mit ihm über den Hof. Jakob genoss diese Art von Spießrutenlauf!

Jakobowsky ließ den weißen Stab auf den Boden fallen und kratzte nachdenklich seinen Hinterkopf.

„Meine Güte, da kommt ja doch noch jede Menge Spaß auf mich zu."

Dass er es mit so jungen Dingern zu tun hätte, war von ihm überhaupt nicht ins Kalkül gezogen worden. Aus dem Blickwinkel sah die Sache mit seinem Test jetzt schon erheblich verlockender aus.

Eigentlich wollte Jakob eine Pause einlegen, um sich von Anna einen Kaffee servieren zu lassen. Aber die Neugier war zu groß und so nahm er den Stab wieder in die Hand. Was er jetzt, sah verwirrte ihn. Jakob erblickte am Waldrand ein Gebüsch, das trotz Windstille stürmisch wackelte! Dann hörte er Geräusche, ein Stöhnen, lautes Lachen und wieder absolute Stille. Plötzlich sah er Vera mit hochrotem Kopf aus dem Gebüsch krabbeln, sie sah sich hektisch nach allen Seiten um, glättete hastig ihren zerknautschten Rock. Jakobowsky rieb sich die Augen. Innerlich aufgewühlt, war sich Jakob sicher, dass jetzt der Moment kommen musste, in dem er, der junge Jakobowsky, auch aus dem Gebüsch krabbeln würde. Jakob war gespannt, wie er sich nach dem Verlust seiner Unschuld der hübschen Vera gegenüber verhalten würde.

Endlich tat sich etwas! Vera steckte unter schallendem Gelächter ihre rechte Hand ins Gebüsch und zog und zog – und zog Friedrich Bäumer aus dem Gestrüpp!

Seinen neuen Schwarm, der ihn nicht gleich wieder hinterging, lernte Jakob an seinem fünfzehnten Geburtstag kennen. Mitschüler Hansi Hüter brachte auf Geheiß seiner resoluten Mutter unerwartet die aus München zu Besuch weilende Cousine Resi mit zur Feier. Jakob war deswegen anfangs ziemlich sauer. Seine Mutter hatte den Tisch in der guten Stube für sieben Leute eingedeckt. In Anbetracht der finanziellen Schieflage im Hause Jakobowsky waren eben auch nur sieben Stücke Schwarzwälder Kirschtorte nebst zwei Packungen Butterkeks eingekauft worden. So oder so, die Kosten für die Bewirtung der jungen Leute mussten in den folgenden Tagen irgendwie wieder eingespart werden. Ebenfalls war der Malzkaffee auf zwei Tassen pro Person veranschlagt. Jakob muffelte mit Hansi Hüter wegen dessen Begleitung. Der wiederum war darüber auch nicht glücklich und zuckte nur mit den Schultern.

„Kann ich doch nichts dafür, was sollte ich machen? Meine Mutter hat darauf bestanden, dass ich diese blöde Resi mitschleife. Hätte sonst nämlich zuhause bleiben müssen. Ist nicht nur heute, ständig muss ich mich um die Zicke kümmern."

„Ist schon okay, kriegt sie eben von mir 'ne halbe Torte ab."

Die ganze Sache war ihm recht peinlich. Damit das mit dem rationierten Malzkaffee nicht noch unangenehm auffiel, verzichtete Jakob ganz auf sein Getränk. Resi hielt ihm ihre Tasse vors Gesicht und Jakob bediente sie. Dabei sah er sie das erste Mal richtig an und er stellte fest, dass der unerwünschte Besuch eigentlich ganz passabel aussah. Jakob kleckerte vor Aufregung Teile der Tischdecke voll, das würde er später seiner Mutter beichten müssen. So ein Malheur war ihm im Moment auch egal. Resi war ein süßes Ding! Sie hatte eine niedliche Ponyfrisur und für ihr Alter schon gut entwickelte Ballons unter dem Pulli.

Bei Geburtstagstagen dreht sich üblicherweise alles um den Jubilar. Deshalb kümmerte die Resi sich fortan auch nur um Jakob. Er bemerkte zuerst einen sanften Stoß ans Schienbein und spürte danach ihren nackten Fuß, der unterm Tisch zärtlich sein rechtes Bein streichelte. Ihr schienen die Streicheleinheiten richtig Spaß zu machen, sie lächelte Jakob verstohlen zu und zwinkerte mit einem Auge. Jakob genoss die Situation! Als Resi wegen eines Wadenkrampfs kurzzeitig pausieren musste, gab Jakob dem Hansi Hüter ein Zeichen. Beide waren daraufhin eine Weile verschwunden.

„Wie lange bleibt deine Cousine?"

„Erinnere mich bloß nicht, noch zwei Wochen. Wieso?"

„Ach nichts, nur so:"

Acht Tage nach seinem Geburtstag war es diesmal Jakob, der unter großem Gelächter eines bayrischen Teenagers aus dem Gebüsch gezogen wurde!

Im zarten Knabenalter von vierzehn Lenzen konnte man getrost behaupten, Jakob sei ein richtiges Miststück! Er überragte seinen schmächtigen Vater um fast eine halbe Kopfgröße. Seine Eltern fanden keinen Zugang mehr zu ihrem Sohn.

„Unser Jakob ist ein Krätzekind, anders kann ich mich nun mal nicht ausdrücken", klagte seine Mutter. „Ein Kind, bei dem man die Krätze bekommt."

Die Jakobowskys wollten sich an dem Samstag einen netten Abend machen. Mit einigen Flaschen Bier und einer großen Tüte Salzstangen wurde in der guten Stube vorm Fernseher Platz genommen. Derweil lümmelte sich Jakob in seinem verwahrlosten Zimmer auf dem Bett herum. Die Kopfhörer bis zur vollen Lautstärke aufgedreht, Radio Luxemburg war zu der Zeit angesagt, bemerkte er seinen Vater nicht. Andernfalls hätte Jakob die Kippe immerhin noch schnell aus dem Fenster befördert. So wurde der Musikgenuss durch einen vor Wut schnaubenden Jakobowsky senior beendet, indem der seinem Sohn die Kopfhörer herunterriss.

„Du verdammter Bengel, bist noch grün hinter den Ohren, musst aber schon qualmen! Und wir glauben, du lernst für die Schule. Annemarie", der alte Jakobowsky brüllte durchs Treppenhaus nach seiner Frau, „Annemarie, komm doch mal schnell nach oben. Das musst du gesehen haben, ich glaube es nicht! Guck mal", Jakobs Mutter stand im Türrahmen, „nun sieh dir an, was dein Herr Sohn in der Pfote hält. Das kleine Arschloch qualmt! Und das mit vierzehn, hinter unserem Rücken und in unserem Haus, na warte!" Er baute sich vor Jakob auf, nahm ihm die Kippe weg und verpasste seinem Sohn eine schallende Ohrfeige. „Wenn ich dich noch ein einziges Mal mit so einem Glimmstängel erwische, dann ist die Hölle los, merk dir das!"

Aus Jakobs Augen sprach unbändiger Hass, am liebsten wäre er seinem Vater an die Gurgel gesprungen.

Sonntagmittag, er war endlich aufgestanden, nahm ihn seine Mutter ins Gebet.

„Jakob, was ist nur mit dir los? Wir beobachten dich nun schon eine Weile und auch der Dümmste würde merken, dass du dich verändert hast. Leider zu deinem Nachteil, muss ich schon sagen! Sprich doch mit uns, wir sind deine Eltern und wir wollen dir helfen. Die Sache gestern, ich meine das mit dem Rauchen, das war ja wohl der Gipfel. Was hast du dir nur dabei gedacht, wie lange geht das schon?"

„Weiß nicht, halbes Jahr vielleicht."

„Was denn, du rauchst seit einem halben Jahr? Immer schön auf dicke Hose machen und sich gleich eine große Packung kaufen, der Herr hat's ja! Denkst du überhaupt nicht an deine Gesundheit? Jakob, du bist dafür viel zu jung und außerdem, was das alles kostet."

„Wer sagt denn was von kaufen? Bin doch nicht blöde und so viele Mäuse schmeißt Vater mir ja auch nicht rüber."

„Du willst mir doch wohl hoffentlich nicht sagen, dass du Zigaretten klaust?"

„Sag ich nicht, hast du gesagt. Und nun lass mich endlich in Ruhe."

Damit verschwand er und ging in sein Zimmer. Sollen ihn die Alten doch nicht ständig nerven! Null Ahnung von dem, was sonst noch so alles ablief, aber dauernd anmotzen. Er knallte sich aufs Bett und suchte in seiner Jeans nach Zigarettenstummeln. Früher hatten seine Eltern eigentlich ganz coole Ansichten gehabt. Doch plötzlich musste sein Vater den großen Lehrmeister spielen und seine Mutter ließ sich von ihm einwickeln.

Und dann diese ständig Anmache wegen der beschissenen Schule, das ging ihm mächtig auf den Geist! War sowieso alles für den Arsch! Irgendwann würde er die Klamotten hinschmeißen, dann könnten ihn alle mal! Eltern, Pauker, alle in einen Sack stecken und den Knüppel drauf. Nee, Jakob hatte von seinen Alten und dem Mist mit der Schule genug!

Er verbrachte den Rest des Sonntags in seinem Zimmer. Nachdem er hörte, dass seine alten Herrschaften endlich den Fernseher abgeschaltet hatten und ins Bett gegangen waren, schnappte Jakob sich seine Lederjacke und schlich die Treppe runter. Er lief zur alten Kaserne, wo Nobby und Ralf auf ihn warteten.

„Sternstunde ist angesagt, also los."

Sternstunde, die Sache mit den Mercedessternen! Für die Freunde war das Verhökern der Dinger zur lukrativen Einnahmequelle geworden. Es gab genügend Abnehmer, die auf so etwas scharf waren und dafür zwischen sieben und zehn Mark abdrückten. Kam auf den Freundschaftsgrad zwischen Käufer und Verkäufer beziehungsweise die momentane Liquidität des Sammlers drauf an. Auf ihren nächtlichen Touren wurden so durchschnittlich um die zehn Stück abgeschraubt, ergab immerhin einen steuerfreien Reinerlös von beinahe einhundert Mäusen, nicht schlecht! Natürlich brüderlich durch drei geteilt.

In dieser Nacht stand ihnen das Glück zur Seite! Die Sache mit den geklauten Sternen hatte sich im Ort rumgesprochen und auch das Tageblatt berichtete im Regionalteil über nächtliche Streifzüge von vermutlich jugendlichen Rabauken. Beim achten Mercedes wäre es dann fast zur mittleren Katastrophe gekommen. Entweder hatte sich der Besitzer der Karre aus Sorge um sein zweitbestes Stück nächtelang im Vorgarten hinter der Hecke auf die Lauer gelegt, oder er war nur rein zufällig wegen altersbedingter Schlafstörung aus dem Haus gekommen. Als Nobby an dem Wagen arbeitete, stand der Alte plötzlich hinter ihm. Ralf warnte seinen Kumpel mit einem lauten Pfiff und die drei Chaoten rannten die Straße runter. Der Alte, voll Vertrauen in seine sportlichen Fähigkeiten, hinter ihnen her. Bedenklich keuchend und deshalb letztlich chancenlos. Nach wenigen Schritten gab er auf und warf mit letzter Kraft einen Stein nach ihnen. Jakobs Schädel blieb um Haaresbreite von dem Geschoss verschont.

„Verdammt, das war eng! Der alte Sack hat sich wegen uns auf die Lauer gelegt, da bin ich mir sicher. In Zukunft sollten wir die Gegend vorher besser sondieren, irgendwann erwischt uns mal einer. Hast du wenigstens den Stern?"

„Blöde Frage, wie sollte ich? Hast doch wohl gesehen, dass ich das Scheißding nicht abgekriegt habe. Aber ich überlege mir, ob wir den Alten nicht wegen Mordversuch rankriegen sollten. Der Stein hat Jakobs Birne nur knapp verfehlt."

„Bist du nicht mehr ganz dicht? Dann sitzen wir doch selber in der Scheiße. Vergiss das, ich könnte jetzt lieber auf ein anständiges Bier."

„Und wie soll das laufen? Erstens haben in dem Kaff um die Zeit alle Kneipen dicht und zweitens würde uns sowieso keiner reinlassen."

„Schlaukopf, das weiß ich schließlich auch. Was haltet ihr von Bier aus dem Kiosk, lecker aus der Pulle und schön gekühlt? Nun fangt bloß nicht an zu kombinieren, weiß selbst, dass der jetzt dicht ist. Gut so, stört uns keiner, da sollten wir uns eindecken."

„Du meinst einsteigen? Das ist mir zu heiß, da mache ich nicht mit!"

„Jakob hat recht, ist mir auch zu riskant. Lass mal stecken, ist nichts für mich, haue mich jetzt lieber in die Falle."

„Ihr Weicheier, auf 'ne Pulle Bier könnte ich. Ach, noch was, wir sollten dem Alten von vorhin in nächster Zeit mal einen Besuch abstatten. Vielleicht seinen Vorgarten ein bisschen neu gestalten. Könnte ich mir ganz gut vorstellen, sieht alles so öde aus. Damit der begreift, dass man nicht ungestraft nach uns mit Steinen schmeißt. Also Nacht, bis die Tage."
„Nacht Ralf."

„Jakob, von Tischmanieren scheinst du noch nichts gehört zu haben. Fehlt nicht viel und du hängst mit dem Kopf in der Suppe. Deine linke Hand gehört auf den Tisch und nicht zwischen die Beine, da unten juckt es wohl? Ich weiß nicht, na ja, trotzdem guten Appetit."
„Wie sprichst du denn mit dem Jungen?"
„Ist doch wahr, guck dir doch nur mal an, wie unser Herr Sohn frisst."
„Wenn's euch nicht passt, kann ich ja nach oben gehen. Ist mir sowieso zu dämlich, immer pünktlich auf die Minute zu spachteln. Ihr seid so richtige Spießer, Punkt eins steht der Fraß auf dem Tisch. Egal ob man Hunger hat oder noch 'ne volle Wampe. Und um halb sieben findet die nächste Fütterung statt, zwischendurch darf sich keiner in der Nähe vom Brotkasten aufhalten. Ich habe genug von euch Kleinkrämern, ich geh hoch. Außerdem ist es zehn nach eins, euer Sohn muss pünktlich kacken."
„Jakob, du bleibst sitzen, wir sind noch nicht fertig. Wäre ja noch schöner, wenn hier jeder kommt und geht, wann er will."
„Erstens hast du mir den Appetit versaut, zweitens bin ich trotzdem satt und drittens geh ich jetzt nach oben. Ach ja, viertens, in Zukunft esse ich dann, wenn ich Hunger habe! Wenn's euch nicht passt, hol ich mir eben Fritten von der Pommesbude."
Jakob stand auf, schob den Stuhl zur Seite und wollte gehen. Sein Vater starrte ihn fassungslos an.
„Du bleibst sitzen, wir sind noch nicht fertig mit dem Essen."
„Doch, ich bin fertig! Außerdem habe ich keine Lust, mir weiter den Arsch wund zu sitzen und mir deine Vorhaltungen anzuhören."
Sein Vater stellte sich in die Tür, Jakob kam nicht an ihm vorbei.

„Lass mich durch, hast doch gehört, ich will auf mein Zimmer."
„Du setzt dich wieder!"
„Nun lass ihn doch", meldete sich seine Mutter halbherzig zu Wort.
„Wenn er eben satt ist."
„Nein! Und du musst mir natürlich in den Rücken fallen."
„Arschloch!"
„Wie bitte?"
„Arschloch!"
Das brachte das Fass zum Überlauf, Jakob verspürte eine schmerzhafte Ohrfeige und fand sich im nächsten Moment auf dem Boden liegend wieder. Mit wutverzerrtem Gesicht stand er auf und rammte seinem Vater die rechte Faust in den Magen. Danach ging Jakob ungerührt auf sein Zimmer.

„Hast du das gesehen? Der Bengel muss aus dem Haus, mit dem will ich keine Stunde weiter unter einem Dach hausen! Der ist für mich gestorben, schlägt seinen Vater. Verdammter Saukerl, das hat richtig wehgetan."

„Nun beruhige dich, du kannst ihn doch nicht rausschmeißen. Wegen eben rede ich noch mal mit ihm. Überleg doch mal, was sollen denn die Leute denken? Das spricht sich rum und man wird mit Fingern auf uns zeigen."

„Dieser Mistkerl! Ich habe die Schnauze voll, geh gleich zu Kurt in die Kneipe und danach direkt zur Arbeit. Warte nicht auf mich."

„Habt ihr die Story über uns im Tageblatt gelesen? Mensch, wir werden noch richtig berühmt."

„Als ich das gelesen habe, hätte ich mir vor Lachen beinahe in die Hose gepinkelt. Dieser alte Sack hat doch denen von der Zeitung tatsächlich einreden wollen, er hätte uns fast geschnappt. Der lahme Sack schafft die hundert Meter nie und nimmer unter einer Minute, falls er überhaupt noch so weit laufen kann. Dass er 'nen dicken Stein nach uns geschmissen hat, das hat er den Zeitungsfritzen nicht auf die Nase gebunden. Jetzt sind die Bullen aber auch noch nicht viel schlauer. In der Zeitung steht was von drei Jugendlichen. Na ja, zählen kann der Alte wenigstens.

Hoffentlich halten alle dicht, denen wir die Sterne verschachern. Los, lasst uns anfangen, dahinten steht schon die erste Karre."

In dieser Nacht war die Ausbeute schwach. Überhaupt, in letzter Zeit hatten sie meist nur mäßigen Erfolg bei ihren nächtlichen Streifzügen gehabt.

„Wahrscheinlich haben sich die paar Heinis, bei denen noch ein Stern auf der Haube sitzt, inzwischen um eine Garage bemüht. Der Karre darf nichts passieren, die muss immer picobello aussehen. Ist so eine Art Ersatzbefriedigung, dafür wird die eigene Alte nicht mehr angeguckt. Oder die haben aus Frust die Marke gewechselt, wäre auch möglich. Wie ist das übrigens mit deinem Vater ausgegangen?"

„Das Thema ist vom Tisch, rausschmeißen will er mich nicht mehr. Und mich blöde anzuquatschen hat er sich endlich abgewöhnt. Er lässt mich links liegen und geht mir aus dem Weg. Mein Alter wird mir nicht mehr an die Gurgel gehen, jetzt hat er Schiss. Was ist nun, wollen wir noch ein paar Sterne einsammeln?"

„Nee, lass mal, hab keinen Bock mehr. Wir kommen aber gleich an der Hütte von dem lahmen Sack vorbei, da könnten wir uns eigentlich ein bisschen um seinen Vorgarten kümmern. Der sieht doch schauderhaft aus, da muss Leben rein. Was haltet ihr davon?"

Innerhalb kurzer Zeit lagen alle nicht fest verwurzelten Pflanzen schön im Vorgarten verteilt.

„Nun guckt doch mal, was da noch steht, ein Männeken aus Stein."

Jakob hatte am Treppenaufgang eine halbhohe griechische Statue entdeckt.

„Ich lach mich kaputt, das Ding hat sich der Alte bestimmt aus 'nem Baumarkt geholt. Soll wohl der alte Hermes sein, haben wir doch mal in der Schule was von gehört. So ein Schweinkram, der ist ja fast nackt. Seht euch das an, 'nen ganz verschrumpelten Sack hat der. Arm ist auch schon abgebrochen, das gefällt mir aber überhaupt nicht!"

Jakob stemmte die Statue hoch und ließ sie auf den Gehweg fallen. Der Kopf des malträtierten Hermes rollte ins Rosenbeet.

Die Entscheidung

Zwei Wochen nach ‚Renovierung' des Vorgartens und der Demontage des armen Hermes erwischte die Polizei das Trio nachts um halb zwei auf frischer Tat. Nachdem die drei Freunde einen silbergrauen Mercedes von seinem Stern befreit hatten, kamen Handschellen zum Einsatz. Neben reichlich Ärger zuhause und in der Schule wurde jeder zu hundert Arbeitsstunden im sozialen Bereich verknackt. Nobby durfte im städtischen Krankenhaus den Patienten ihr Essen ans Bett bringen und deren Bettpfannen leeren, die schlimmste Strafe für ihn! Es war für Nobby immer ein Albtraum gewesen, mit Fremden, hübsche Blondinen ausgeschlossen, körperlichen Kontakt zu haben. Und jetzt musste er auch noch deren Scheiße entsorgen.

Ralf hatte es dagegen ganz gut getroffen. Seine Aufgabe bestand darin, in einer Behindertenwerkstatt zu putzen, tägliche Einkäufe zu erledigen oder bei Laubsägearbeiten und Holzschnitzereien auch mal behilflich zu sein. Trinkgeld konnte er sich in dem Umfeld zwar abschminken, dennoch schwärmte er von dem Job.

„Du", erzählte er Jakob, „das ist etwas, was ich später bestimmt mal machen werde. Die da drin sind ja alle viel netter als ich dachte und außerdem sind manche sogar ganz schön pfiffig. Neulich hat mir einer beim Würfeln mein Feuerzeug abgeluchst. Und wo hat man dich untergebracht?"

Jakob musste jeweils an den Wochenenden in einem Alten- und Pflegeheim Korridore wischen und in den Gemeinschaftsräumen für Ordnung sorgen. Als er dazu verdonnert wurde, war er ziemlich sauer. Bei dem

Anwesen handelte es sich aber um den Abendfrieden und in dem Gebäude kannte er sich ja bestens aus.

„Ganz wichtig, nie alleine die Zimmer betreten! Nur die Flure wischen und in den Aufenthaltsräumen für Ordnung sorgen, alle anderen Räumlichkeiten sind für dich tabu, ist das klar?"

„Verstanden, nur putzen und aufräumen, nicht neugierig sein und danach wieder nach Hause gehen", beantwortete Jakob die strengen Anweisungen des Pflegers.

„Richtig, der Herr, aber sich auch daran halten und mich gefälligst nicht verarschen, sonst gibt's Ärger mit mir. Ich bin der Robert, wir wollen doch keinen Zoff miteinander. Guck mal, die da hinten gerade das Essen aufs Zimmer trägt, das ist unsere Hildegard. Ich mach euch gleich miteinander bekannt. Du wirst ihr die nächste Zeit zur Hand gehen."

Als Hildegard mit dem leeren Tablett aus dem Zimmer kam, winkte Robert sie heran.

„Komm mal kurz, ich will dich nur jemandem vorstellen. Das ist der Jakob, den hat man uns zugeteilt, weißt ja wieso und weshalb."

„Und du, Jakob, hältst dich an Hildegards Anweisungen, sie macht das hier schon länger, capito?" Ich hoffe, ihr kommt gut miteinander aus. Denk dran, Jakob, immer nur machen, was man dir sagt, und niemals alleine auf die Zimmer gehen."

Auf keinen Fall würde es sich Jakob nehmen lassen, das Zimmer 319 zu inspirieren. Seine ehemalige Stube, in der er vegetiert hatte, bis man ihn wegen hoher Vitalität aus dem Heim schmiss.

„Du bist also der Jakob. Für dein Alter hast du offenbar schon jede Menge Blödsinn fabriziert, na Glückwunsch! Eigentlich machst du gar keinen üblen Eindruck auf mich. Na ja, vielleicht kriegt man dich irgendwann auch noch mal hin. Wir sollten uns vielleicht ein bisschen unterhalten, damit du Bescheid weißt, wie das hier alles so abläuft. Kommst du nach Feierabend mit auf ein Bier?"

Donnerwetter, die Hildegard schien ein forsches Mädchen zu sein! Jakob Jakobowsky war in dem Alter angekommen, in dem es nicht mehr

Priorität war, im anderen Geschlecht gleich immer nur ein Jagdobjekt zu sehen. Aber vielleicht wollte sich Hildegard mit ihm wirklich nur unterhalten und er konnte durch sie einiges übers Heim in Erfahrung bringen.

„Klar", Jakob schmiss sich in Positur, „klar, komme ich mit. Aber ich warte auf dich vor der Tür, ist besser."

„Ach ja, du bist ja noch ein bisschen zu jung für 'nen Kneipenbesuch. Na, dann eben auf 'ne Limo und bis später vorm ‚Goldenen Löwen', okay?"

Jakobowsky kannte die Kneipe. Das wurde ja zu einem Abstecher in die Zeit seiner alten Tage. Erst der unfreiwillige Job im Abendfrieden und nun noch im ‚Goldenen Löwen' was trinken gehen. Sicher, Hannes würde wohl kaum noch leben.

Jakob lief ungeduldig vor der Kneipe auf und ab, von Hildegard war nichts zu sehen. Zehn Minuten später stand sie endlich, im knallgelben Kostüm und mit roter Handtasche am Arm, hinter ihm.

„Was ist, wollen wir rein?"

„Klar, jetzt darf ich ja."

Jakob hielt Hildegard, ganz jugendlicher Kavalier, die Tür auf. In dem Laden war es noch genauso verqualmt und schummrig wie damals. Und auch dieses Mal standen ein paar Arbeitsscheue an der Theke und pflegten ihren Leberschaden. Der Wirt hieß ‚Ulli', nach Hannes zu fragen verkniff sich Jakob, er hätte sonst etwas erklären müssen. Hildegard setzte sich an einen Tisch in Fensternähe und Jakob nahm ihr gegenüber Platz. Er taxierte sie, besonders hübsch war die Hildegard nicht. Aber irgendwie kam sie ihm bekannt vor.

„Ist was, habe ich etwa noch Krümel am Mund? Warum starrst du mich so an?"

„Nee, ich starre dich schon nicht an."

„Bist ein bisschen einsilbig, was? Macht nichts, in deinem Alter habe ich auch nicht viel gesprochen. Nun pass mal auf, Jakob. Ich habe dich deshalb heute hier zur Cola eingeladen, damit wir uns in Ruhe unterhalten können und damit du weißt, wie das so im Abendfrieden abläuft. Ich muss dir ja nicht extra sagen, dass du dir keine Klöpse mehr leisten darfst, sonst bleibt es nicht bei den hundert Einsätzen."

Hildegard betete die gesamte Litanei an Vorschriften runter, was er durfte und was nicht. Das meiste war nicht erlaubt, folglich konnte sich Jakob alles gut merken. Er wollte nicht unhöflich sein, sonst hätte er gegähnt.

„Du weißt jetzt Bescheid", mit dieser Feststellung beendete sie schließlich ihren Vortrag, „und hältst dich auch strikt an die Regeln, klar? Wenn du mal Hilfe brauchst, lässt du mich einfach rufen. Die meisten nennen mich Hildegard, aber wenn dir einer der Oberen über den Weg läuft, fragst du besser nach Fräulein Rottwald."

Heiliger Strohsack, das haute den Jakob beinahe vom Stuhl! Hildegard war anscheinend die Tochter der alten Rottwald, der Pflegerin von damals. Jakob hätte sich fast an seiner Limo verschluckt, deswegen also kam ihm Hildegards Gesicht bekannt vor. Er durfte sich auf keinen Fall etwas anmerken lassen.

„Ist was? Du guckst schon wieder so komisch"

„Nee, ist nichts, hätte mich nur beinahe verschluckt. Der Robert hat erzählt, du arbeitest schon länger im Abendfrieden, stimmt das?"

„Das kann man wohl sagen, meine Mutter hat da auch schon geschuftet, sie war bald ihr ganzes Leben in dem Laden. Was meine Mutter alles erlebt hat, ich könnte stundenlang erzählen. Es war wirklich nicht immer ganz leicht, ist es heute auch nicht, kannst du mir glauben. Meine Mutter hat jede Menge an Alten kommen und gehen sehen. Immer das Gleiche, anfangs werden sie noch einigermaßen gesund und munter eingeliefert und plötzlich, von heute auf morgen, geht es rapide abwärts mit ihnen. Was soll's, kurze Zeit später ist das Zimmer so oder so wieder mit einem Neuen belegt und das Spiel geht von vorne los. Bis auf einen Fall, darüber hat sie uns zuhause oft erzählt, der ging meiner Mutter einfach nicht aus dem Kopf. Sie betreute mal so einen ganz Alten. Den bei seiner Einlieferung scheintot zu nennen wäre übertrieben gewesen, der stand ganz dicht vorm Absprung. Eine dunkelbraune Holzkiste war schon reserviert, man hätte ihn nur noch reinlegen und eine Kuhle ausbuddeln müssen. Doch was soll ich dir sagen, er wurde von Tag zu Tag lebhafter und frecher. Na, der hat vielleicht Schoten gerissen. Rappelte sich später noch so auf, dass man ihn nach ein paar Jahren aus dem Abendfrieden schmeißen musste, es ging einfach nicht mehr. Hinterher ist der sogar noch alleine verreist und hat Sauftouren quer durch die Kneipenlandschaft unternommen. Kurz vor seinem Rausschmiss brachte ihn mal die Polizei mit der grünen Minna zurück ins Heim, meine Mutter hatte Nachtdienst. Im Park wollte der Alte einer jungen Frau an die Wäsche, das muss man sich mal vorstellen! Als meine Mutter längst in Rente war und mein Vater sie, wegen eines Unfalls musste sie im Rollstuhl sitzen, durch die Stadt schob, wurde meine Mutter von einem Mann angesprochen. Er stellte sich als derjenige vor, den ich meine. Seinen Namen habe ich vergessen, ist ja auch egal. Sportlich aussehender Herr, wie meine Mutter später erzählte. Natürlich konnte der das von damals aus dem Heim nicht sein, aber meiner Mutter ging der Vorfall nicht mehr aus dem Kopf. Diese Ähnlichkeit, seine Art sich zu geben und zu reden, der Name, alles genau wie der Alte aus dem Heim. Meine Mutter hatte ohnehin immer an so etwas wie Wiedergeburt, Leben nach dem Tod oder Auferstehung geglaubt. Nach der Begegnung war sie tagelang nicht ansprechbar. Na ja, sie hat dann versucht die ganze Sache zu verdrängen, erklären konnte sie es sich sowieso nicht. So, jetzt muss ich aber langsam los, mein Freund wartet. Mach's gut, Jakob, bis morgen."

Zimmer 319 sah fast noch so aus wie damals. Neuer Sessel, das alte Stück war schon zu Jakobs Zeit altersschwach, den hatte man etwas dichter ans Fenster gerückt. Auch der Kleiderschrank war neu. Der alte Mann auf dem Bett machte nicht mehr den sportlichsten Eindruck, winkte aber den Jakob gleich zu sich heran, als der ins Zimmer trat.

„Hallo, hier bin ich, hallo! Kann ich gleich mal ein paar Leute grüßen?"
„Wieso denn grüßen? Ich will mir doch nur mal das Zimmer ansehen."
„Altes Schlitzohr, auf den Quatsch fällt der Richard nicht rein. Ihr dreht doch heute hier diesen Film und ich muss unbedingt ein paar Leute von mir grüßen, darauf bestehe ich. Nun hol schon die Kamera, kannst gleich bei mir hier anfangen."

„Ich bin nicht vom Fernsehen, ich arbeite doch selbst im Heim. Wollte nur mal gucken, wie's hier so aussieht und ich bin dann auch gleich wieder weg."

„Blödsinn, wird doch schon seit Wochen drüber gequatscht wegen der Fernsehgeschichte. Ich habe auch schon alle Steckdosen freigelegt, damit ihr eure Geräte anschließen könnt. Ja, der Richard ist pfiffig! Wenn ich interviewt werde, müsst ihr aber das Mikrofon immer schön dicht an den Mund halten. Könnt mich alles fragen, ist prima hier und die meisten sind nett zu mir. Manchmal tanzen wir unten im Saal oder wir spielen mit dem dicken Ball. Sonntags gibt's fast immer Kuchen und mittags Fleisch mit Klößen. Ich erzähl auch keinen Blödsinn, nur danach muss ich unbedingt ein paar Leute grüßen, sag das deinem Oberheini vom Fernsehen."

Jakob gab sich geschlagen. Er ließ den guten Richard mit sich und in dem Glauben an eine steile Fernsehkarriere allein. Natürlich lief ihm in diesem Moment auf dem Korridor Pfleger Robert über den Weg. Jakob durfte gleich seinen verdienten Anschiss – Einzelbesuche in den Zimmern waren tabu – entgegennehmen.

Jakobowsky legte seinen weißen Stab zur Seite und kratzte sich nachdenklich am Hinterkopf. Was er soeben über sich gesehen hatte, das gefiel ihm nun ganz und gar nicht. Er würde als Jugendlicher zu einem richtigen Früchtchen werden und außerdem mit dem Gesetz in Konflikt geraten. Nachdenklich machte ihn der Umstand, dass er seinen Eltern so viel Kummer bereiten sollte. ‚Wieso', sinnierte Jakob, ‚wieso geht die Jugend eigentlich so verdammt respektlos mit ihren Alten um? Mensch, meine Eltern haben sich Sorgen um mich gemacht und ich haue meinem Vater dafür auch noch aufs Maul. Nun kann ich es nicht einmal mehr ändern, das macht mich traurig. Sollte ich wirklich wieder zurück auf die Erde gehen, um alles umgekehrt zu Ende zu bringen, wird das wenigstens aus meinem Gedächtnis ausgelöscht sein.'

Jakob wischte sich den Schweiß von der Stirn, für welchen Weg sollte er sich nur entscheiden?

Erregte Stimmen aus dem Büro von nebenan ließen ihn aufhorchen! Lautes Gepolter, offensichtlich flogen Stühle durch die Luft. Eine Vase zerbrach, Anna schrie. Jakob öffnete vorsichtig die Tür. Durch den Spalt sah er, wie der verrückte Hitler versuchte, dem völlig verdatterten Petrus an die Gurgel zu gehen. Der verschwand im Nebenzimmer, worauf Hitler nun mit seinen klobigen Stiefeln gegen die Schreibtische trat. Anna und die anderen himmlischen Bürodamen versuchten gemeinsam, Adolf zu besänftigen. Tatsächlich beruhigte sich der Irrsinnige halbwegs und setzte sich auf den letzten heilen Stuhl. Er drohte mit erhobenem Zeigefinger und pöbelte sofort wieder los.

„Ich sag's nicht noch einmal, ich will sofort meine schönen Panzer und die Raketen zurück. Hier habe ich gleich 'nen großen Karton mitgebracht, auf der Stelle packt ihr das Zeug da rein! Ihr habt die Sachen konfisziert, nur um selbst damit zu spielen. Bis jetzt habe ich mich ja unter Kontrolle gehabt und gehofft, ihr gebt mir die unersetzbaren Kampfmittel freiwillig zurück. Euer Adolf ist schließlich ein friedliebender Mensch. Aber nein, da wird die Büroarbeit vernachlässigt und ihr ballert lieber mit Panzern rum und schießt Raketen in die Luft. Was mache ich die ganze Zeit? Ich und Eva müssen stattdessen in unserer tristen Bude sitzen und dürfen Däumchen drehen. Aus Verzweiflung klaue ich manchmal schon ihr Abendessen, um aus dem Brot kleine Kügelchen zu formen, die ich dann durch die Botanik schnippe. Neulich habe ich mit den Geschossen den Himmler befeuert. Aber der hat mich nur angegrinst, meine Kugeln aufgesammelt, sich ins Maul gesteckt und aufgefressen. Wenn hier der scheinheilige Jakobowsky noch mal auftaucht, dann bestellt ihm einen schönen Gruß von mir. Fragt ihn ganz einfach, wo denn nun wohl meine Zinnsoldaten bleiben. Der soll mir bloß nicht mehr ohne diese Dinger unter die Augen treten, sonst haue ich ihm meine schweren Knobelbecher um die Ohren. Und wenn meine Panzer und die Raketen nicht bald auftauchen, dann mache ich euch auch noch fertig!"

Hitler wurde urplötzlich lammfromm. Er starrte auf den Boden und schlug die Hände vors Gesicht.

„Ich will doch überhaupt nicht mit euch schimpfen. Ihr gebt mir einfach nur meine Sachen wieder zurück, Eva wartet auch schon drauf. Dann verpisse ich mich gleich aufs Zimmer und baue alles auf. Bin auf Himmler gespannt, der wird vor Neid ganz blass werden."

Im nächsten Moment bekam Hitler wieder seinen irren Blick. Er brüllte und drohte, verließ danach aber endlich das Büro. Von außen trat er noch einmal mit seinen fetten Knobelbechern kräftig gegen die Tür.

Anna gönnte sich auf den Schreck einen Schluck aus der Wodkaflasche. Die hatte sie in ihrem Schreibtisch deponiert.

Jakobowsky schloss vorsichtig die Tür. Im Büro musste man ja nicht unbedingt mitbekommen, dass er Hitlers Auftritt beobachtet hatte. Er nahm wieder seinen Stab in die Hand, um die Geschehnisse auf dem Erdball weiter zu verfolgen.

„Ach du liebe Güte", Jakob sah sich als ganz jungen Burschen, „was bin ich doch für ein süßes Kerlchen. Kann ich ja kaum glauben, kurze Lederhose und 'ne Klemme im pomadigen Haar. Da hat sich meine Mutti aber richtig Mühe mit mir gemacht und mich fein rausgeputzt."

Die Mühe musste sich seine Mutter auch machen, denn an dem Tag – ein regnerischer Samstag – wurde ihr ganzer Stolz eingeschult. Die Eltern hatten eine imposante Zuckertüte gekauft und aus Geldmangel den unteren Teil ordentlich mit Zeitungspapier ausgefüllt. Ganz nach oben kamen die wenigen Süßigkeiten. Als Jakob dann später zuhause die Tüte plünderte, war er angesichts des überschaubaren Inhalts halbwegs enttäuscht. In der Aula setzten sich die künftigen Erstklässler gesittet auf unbequeme Stühle, hörten langweilige Reden und mussten blöde Gesänge über sich ergehen lassen. Neben dem kleinen Jakobowsky saß die freche Paula aus dem Nachbarhaus. Ihr machte es einen Heidenspaß, dem armen Jakob aus Langeweile dauernd an die linke Wade zu treten. Worauf der Gepeinigte sich das nicht lange gefallen ließ und mitten in der Rede des Schuldirektors aufstand, das kleine Biest am Pferdeschwanz packte und vom Stuhl zog. Paula heulte laut los und der

Direktor blickte irritiert auf die unfassbare Szene, die sich unter seinen Augen abspielte. Die Eltern der Protagonisten ergriffen Partei für ihre Sprösslinge und gifteten sich an.

„Hab ich doch gesehen, wie Ihre Paula dauernd unseren Sohn getreten hat", eiferte sich Jakobs Vater.

„Sie sollten besser was anderes sehen", entgegnete Paulas Mutter spitz. „Da würden Ihnen vielleicht die Augen rausfallen."

„Wie meinen Sie das?"

„Schon gut, Herr Jakobowsky, ich will nichts gesagt haben."

„Aber meine Herrschaften", versuchte der Herr Direktor zu beschwichtigen, „wir wollen doch an so einem bedeutenden Tag keinen Streit. Bitte beruhigen sie sich wieder."

Die beiden Elternteile beruhigten sich nur bedingt. Sie hörten auf zu giften, dafür warfen sie sich bösartige Blicke zu.

Willy – Jakobs Onkel – war zur Einschulungsfeier mitgenommen worden. Er besaß einen funktionierenden Fotoapparat und sollte später vor der Schule Aufnahmen von Jakob – mit Schultüte im Arm – machen. Um das eine obligatorische Gesamtbild aller zukünftigen ABC-Männchen durch einen professionellen Fotografen kam man zwar nicht drum herum, aber wenigstens sparte man sich weitere überteuerte Fotos. So stand der soeben frisch Eingeschulte mit Spitztüte und Tornister auf dem Pausenhof, grinste ununterbrochen ins Objektiv und wurde von Onkel Willy fürs Familienalbum abgelichtet. Jakob war die Sache peinlich, zumal die freche Paula über den Schulhof hüpfte und Grimassen schnitt.

Jakobs unverheirateter Onkel Willy musste wegen der Sache mit den Einschulungsfotos nicht überredet werden. Überhaupt, der Bruder von Jakobs Vater war immer äußerst hilfsbereit. Ausgesprochen gerne stand er seiner Schwägerin zur Seite, Jakobs Mutter! Er half ihr über die Einsamkeit hinweg, wenn der Ehemann mal wieder für längere Zeit auf Montage war. Auch ohne einen triftigen Grund zu haben, suchte sie häufiger Trost beim guten Willy. Sie kam danach immer leicht aufgekratzt nach Hause.

Jakob fand es ausgesprochen nett vom Onkel Willy, dass der immer so freundlich zu seiner Mutter war.

Einmal, als sein Vater wieder für längere Zeit aus beruflichem Grund in Frankfurt zu tun hatte, tauchte Onkel Willy mit einem großen Blumenstrauß bei seiner Mutter auf. Jakob steckte er mit den Worten „kannst ja dafür ins Kino gehen" einen Fünfer zu. Der entschied sich für den Streifen mit Schweinchen Dick und den drei Affen. Später wollte er sich vom Restgeld noch ein Eis kaufen. Leider wurde Jakob arg enttäuscht, weil wegen Stromausfall der Film nicht gezeigt werden konnte. Das Eintrittsgeld gab's natürlich an der Kasse zurück. Mutter und Onkel Willy würden sich bestimmt freuen, weil er früher zurückkam, und den Film konnte er sich ja an einem anderen Tag immer noch anschauen.

An der Wohnungstür bekam er einen gehörigen Schreck, Jakob hörte seine Mutter stöhnen. Hoffentlich war ihr nichts passiert. Aber dann sah er, wie sie mit dem lieben Onkel Willy spielte. Sie schien wieder leicht aufgekratzt zu sein, lachte laut. Zum Glück ging es ihr gut. Den Teppich im Wohnzimmer hatten beide sich als Spielwiese ausgesucht und Jakob fand es lustig, wie sie übereinander lagen und sich hin und her wälzten. Onkel Willy war wohl der Stärkere, meistens lag er oben. Jakob war erleichtert und wollte nicht stören. Niemand hatte ihn bemerkt und so konnte er sich ja noch für mindestens eine Stunde verdrücken. Vielleicht traf er Ernst mit seinem Bruder Roderich.

Vorm Haus kam ihm sein Vater entgegen. Auf der Arbeitsstelle in Frankfurt hatte es eine technische Panne gegeben. Aus Gründen der Sicherheit mussten die Arbeiten eingestellt werden. Die Leute wurden für zwei Tage freigestellt und durften nach Hause. Am Donnerstag sollten sie wieder zurück sein, um dafür am kommenden Wochenende die beiden Fehltage auszugleichen.

Jakob begab sich auf Suche nach Ernst und Roderich und sein Vater ging allein ins Haus. Kurze Zeit danach – Jakob hatte die Brüder hinterm Nachbarhaus getroffen – gab es mächtig lautes Gepolter. Im gleichen Moment sahen die drei, wie Onkel Willy, nur notdürftig mit Unterwäsche bekleidet, sich aufs Fahrrad schwang und im hohen Tempo davonradelte. So musste es wohl sein, wenn der Teufel hinter jemandem her war!

„Komisch", bemerkte Ernst nachdenklich, „vorhin habe ich genau gesehen, dass dein Onkel noch alle Sachen anhatte. Und jetzt hat man ihm bei euch Hose und Pulli geklaut. Komm, Roderich, das müssen wir gleich der Mama erzählen."

Seit diesem Tag ging es im Hause Jakobowsky nun aber überhaupt nicht mehr lustig zu. Jakobs Eltern gingen sich aus dem Weg und sprachen kein Wort miteinander. Nur, wenn es unvermeidbar war, wurde Jakob als Vermittler eingeschaltet.

„Jakob, frag deinen Vater, ob er das Paket mit zur Post nimmt."

„Nimmt er nicht, sag das deiner Mutter."

Jakob trabte in die Küche, um die Antwort zu überbringen.

Neuerdings benahmen sich auch die Nachbarn ausgesprochen komisch. Hinterm Rücken seiner Mutter wurde getuschelt und seinen Vater blickte man mitleidig an. Auch Jakobs Freunde quatschten auf einmal viel blödes Zeug.

„Meine Mutter sagt, deine Mutter geht fremd. Was ist das denn überhaupt? Wollte meine Mutter mir aber nicht sagen", bohrte Roderich den Jakob mit Fragen.

„Bist ja bescheuert, meine Mutter geht nicht fremd. Werde ich ja schließlich besser wissen!"

„Und deinem Vater hat sie Hörner aufgesetzt, sagt meine Mutter."

„Hier", Jakob zeigte Roderich einen Vogel, „guck mal genau hin. Wo soll denn der Hörner haben? Deine Mutter spinnt!"

„Gar nicht, meine Mutter spinnt nicht. Die hat das so gesagt und die weiß das. Und wenn du das noch mal sagst, bist du eben nicht mehr mein Freund."

„Gut, und du sagst nicht mehr was von den Hörnern und dass meine Mutter fremdgeht."

So blieben sie letztlich doch noch Freunde.

Für Jakob kam nun der Zeitpunkt, in dem meist gespielt und rumgetobt wurde. Die Jahre im Kindergarten fand er nicht besonders aufregend. Vormittags wurde er von seiner Mutter im Hort abgesetzt. Wenn es das Wetter zuließ, konnten alle Kinder nach draußen, um zu schaukeln oder im Sandkasten Burgen zu bauen. Das machte Jakob Spaß, wäre nur nicht immer der Stress um Eimerchen und Schaufel gewesen. Kaum hatte er seine Teile ergattert, wollte ein anderer ihm die Sachen aus der Hand reißen, und sofort ging das Gerangel los. Jakob schlug dann immer gleich mit seiner Plastikschaufel zu, was ihm die Ermahnung der Kindergärtnerin einbrachte.

„Jakob, das macht man nicht! Warum wirst du immer nur gleich so böse, ich muss mal mit deiner Mutter reden."

Das machte sie dann bei nächster Gelegenheit auch und Jakob wurde von seiner Mama ins Gebet genommen.

„Sieh mal, du darfst doch die anderen Kinder nicht mit der Schippe hauen."

„Aber wenn die mir immer meine Sachen wegnehmen."

„Dann auch nicht. Sag das lieber dem Fräulein, die wird dir schon helfen."

Wie versprochen wollte Jakob jetzt keinen mehr mit der Schippe verprügeln, und das ging auch zwei Tage lang gut. Wegen schlechtem Wetter musste sowieso drinnen gespielt werden. Bis am dritten Tag wieder die Sonne schien und der blöde Friedrich gedankenlos über die soeben erbaute Sandburg latschte. Jakob starrte auf die kaputte Burg und dann zum blöden Friedrich hin. Der sah ihn durch seine dicke Brille mit blöden Schielaugen an und war offenbar selbst überrascht, was er eben angerichtet hatte.

Jakob heulte und der blöde Friedrich hätte in dem Moment besser die Flucht ergriffen. Denn Jakob vergaß seine guten Vorsätze und trommelte – seiner Mama hatte er das mit der Schippe versprochen – einen Plastikeimer auf Friedrichs Kopf. Der fing nun seinerseits an zu plärren, und durch das Konzert aufmerksam geworden, eilte eine Kindergärtnerin herbei, um die Streithähne zu trennen. Friedrich trug eine dicke Beule am Kopf davon, und Jakobs Mama wurde eindringlich gebeten, unbedingt auf ihren hitzigen Sohn einzuwirken.

Der kleine Jakobowsky war letztlich froh darüber, als er aus Altersgründen zuhause bleiben durfte und sich das mit dem Kindergarten erledigte.
  Er verlangte jetzt auch immer öfter Babynahrung und bestand auf seinen Nuckel.

An einem lauen Sommertag wurde Jakob Zuschauer seiner Zeugung. Mama und Onkel Willy hatten sich in Anbetracht des schönen Wetters dazu entschlossen, den kleinen Fratz in die Sportkarre zu setzen und zusammen einen Waldspaziergang zu machen. Papa Jakobowsky war wieder für einige Tage in Frankfurt auf Montage.
  Jakob mochte die Sportkarre nicht, es holperte darin immer so. Ganz besonders doll wippte es auf diesem blöden Waldweg. Dummerweise wurde er vorm Spaziergang von seiner Mama auch noch ordentlich mit Milchbrei gefüttert, damit er unterwegs bloß keinen Hunger bekam. Der unverdaute Brei und die Schaukelei vertrugen sich nicht und Jakob kotzte nach einem kräftigen Bäuerchen seinen Mageninhalt aus. Glücklicherweise aber mit einem solchen Schwung, dass nur wenig davon auf Jäckchen und Höschen landete. Seine Mama putzte mit einem Lätzchen die wenigen Kotzbröckchen ab und gab dem Jakob zur Beruhigung seine Pulle mit Tee. Ihm ging es danach deutlich besser, er nuckelte am Fläschchen und beobachtete interessiert die Umgebung.
  Es dauerte nicht lange und der Kleine war eingeschlafen. Ihm flutschte seine Teepulle aus dem süßen Mäulchen und kullerte auf den Waldweg. Seine Mama bückte sich, um sie aufzuheben, und Onkel Willy nutzte die Gelegenheit und fasste ihr unter den Rock. Beide waren jetzt äußerst erregt, sie küssten sich leidenschaftlich. Aber das bekam unser kleiner Protagonist gar nicht mit.

Weil die Sportkarre nun nicht mehr schaukelte, wurde er wach. Man hatte ihn samt seiner Karre einfach hinter einem dicken Baumstamm abgestellt. Jakob konnte nicht viel sehen, nur seine Mama hörte er kichern und den Onkel Willy stöhnen. Er wippte mit dem Oberkörper hin und her und dadurch rollte das Gefährt einen halben Meter vorwärts. Mama und Onkelchen spielten wie einst im Wohnzimmer miteinander, das konnte er jetzt beobachten. Dieses Mal tollten beide auf dem Waldboden rum.

Sie stöhnten gemeinsam und lagen sich danach in den Armen. Beide waren rot im Gesicht und mächtig aus der Puste. Seine Mama stupste mit ihrem Zeigefinger dem Onkel verschmitzt an die Nasenspitze.

„Na, mein wilder Hengst, nun hast du ja doch nicht aufgepasst. Hab dich vorher extra noch gewarnt, hoffentlich ist nichts passiert. Weißt schon, was ich meine."

„Mal bloß nicht den Teufel an die Wand, die Ausraster meines Bruders möchte ich mir gar nicht erst vorstellen wollen. Der würde mich glatt erwürgen und dich mit Schimpf und Schande aus dem Hause jagen, kennst ihn doch."

„Willy, mach mir bloß keine Angst. Aber wenn wirklich was passiert ist, müssten wir es ihm ja nicht unbedingt sagen."

Jakob war wieder eingeschlafen. Seine Mama verstaute unter der Decke ein paar Sachen und zog dem Kleinen das Mützchen aus der Stirn.

Auf dem Heimweg schob sein leiblicher Papa die Sportkarre.

Der Herrgott wartete ungeduldig. Langsam wurde es Zeit, der Jakob musste eigentlich längst alles über sein Leben gesehen haben. Schließlich verlangte der Allmächtige eine baldige Entscheidung von ihm. Aber Jakob war nicht mehr da, er hatte den gläsernen Raum verlassen. Petrus suchte den Jakob überall, doch niemand konnte ihm sagen, wo Jakobowsky sich aufhielt. Ärgerlich lief er rüber in Annas Büro.

„Sag mal, hast du vielleicht irgendwo den Jakob gesehen? Ich weiß nicht mehr, wo ich ihn noch suchen soll. Wo treibt der sich nur wieder rum?"

„Das finde ich aber seltsam, ist doch überhaupt nicht seine Art. Ich dachte, er habe es mit dir abgesprochen. Also, der Jakob ist zurück auf der Erde."

„Was denn, einfach so weggegangen? Ohne dem Allmächtigen oder mir ein Wort zu sagen? Und ohne sich von uns zu verabschieden?"

„Ja, er wollte es unten nun doch noch einmal versuchen."